10,000 lettres d'impression pour 1 centime.

BIBLIOTHÈQUE POUR TOUS

ILLUSTRÉE

ROMANS, HISTOIRE, VOYAGES, LITTÉRATURE, SCIENCES, ETC.

CHAQUE OUVRAGE COMPLET : **50** CENTIMES.

UNE

BANQUEROUTE FRAUDULEUSE

PAR PIERRE ZACCONE

Prix : 50 centimes

60 CENTIMES POUR LES DÉPARTEMENTS ET L'ÉTRANGER.

PARIS

ÉCRIVAIN ET TOUBON, LIBRAIRES, RUE DU PONT-DE-LODI, 5

ET CHEZ TOUS LES LIBRAIRES DE PARIS, DES DÉPARTEMENTS ET DE L'ÉTRANGER.

N° 113.

PARIS, LÉCRIVAIN ET TOUBON, 5, RUE DU PONT-DE-LODI.

BIBLIOTHÈQUE POUR TOUS

PUBLIÉE PAR J. LEMER.

UNE BANQUEROUTE FRAUDULEUSE

PAR

PIERRE ZACCONE

UNE BANQUEROUTE FRAUDULEUSE.

I

LA POÉSIE SOUS LES TOITS.

Dans les premiers mois de 1836, un homme, dont l'accent décelait l'origine gasconne, vint louer un petit appartement de trois pièces, au cinquième étage, dans un hôtel de la rue de l'Ouest, située derrière le Luxembourg. Son bagage était des plus minces; son costume, des plus modestes; mais il y avait un tel cachet de bonne foi sur sa physionomie, tout en lui respirait tellement l'honnêteté et la distinction, qu'on lui loua de confiance.

Cet homme qui pouvait avoir une quarantaine d'années, amenait avec lui sa fille, une jeune personne de quinze ans au plus, charmante et gracieuse, portant sa petite robe d'indienne trop courte, comme il portait lui-même son habit noir suranné, c'est-

a-dire de manière à donner à croire qu'une telle mise n'était pas faite pour elle.

L'arrivée de ces deux locataires mystérieux causa une sorte de sensation dans l'hôtel, et pendant deux ans que M. Danglade habita rue de l'Ouest, la curiosité qu'il avait excitée tout d'abord subsista et ne fut jamais satisfaite; mais, singulier effet de ses manières, ce qui, de la part de tout autre, aurait produit une impression défavorable, augmenta au contraire la considération qu'il s'était conciliée sans l'avoir cherchée.

M. Danglade sortait le matin de très bonne heure, il ne rentrait que le soir, vers six heures, montait chercher sa fille qui l'attendait, et tous les deux prenaient silencieusement le chemin de Viot, le restaurateur providentiel du quartier latin.

Les habitués du lieu n'avaient pas été longtemps sans remarquer la jeune fille. Aussi, quand M. Danglade et Berthe faisaient leur entrée dans le restaurant, un murmure d'admiration courait de table en table. La pauvre enfant avait ensuite à soutenir une artillerie d'œillades, si persistante et dirigée avec un tel ensemble, que littéralement elle ne pouvait lever les yeux de dessus son assiette.

Après le dîner, M. Danglade ramenait sa fille et ressortait tout de suite, pour ne rentrer qu'à minuit au plus tôt.

Que pouvait faire, durant les longues heures de sa solitude, cette enfant ainsi abandonnée à elle-même?

Appuyée sur le petit balcon de sa fenêtre, elle rêvait... et ce qui occupait sa pensée, ce qui attirait ses regards, ce n'était pas les beaux arbres du Luxembourg ou le magnifique panorama de Paris se déployant au loin.

C'était bien plutôt ces rares promeneurs qui passaient, solitaires et pensifs, sous les allées ombreuses du jardin. C'était encore, aux mille fenêtres qui s'ouvraient de toutes parts, des femmes riches, heureuses, c'est-à-dire parées; des jeunes filles préparant leur toilette pour le bal du soir.

Pour l'âme jeune, pour le cœur enthousiaste, pour la pensée inquiète et troublée, la solitude a ses dangers, et comme déjà Berthe détestait la vie monotone qu'elle menait, elle s'arrangeait un avenir tout plein de délices et brillant de plaisirs. Le monde était pour elle quelque chose d'enivrant. Ce qu'elle en voyait par échappées, ces belles jeunes femmes traversant parfois, au bras de leurs frères ou de leurs maris, les massifs du Luxembourg; ces voitures qui, par le beau soleil, se découvraient pour laisser voir la soie de leur intérieur; ces laquais aux livrées éclatantes; ces plumes que cachaient à demi de petites ombrelles blanches, roses, lilas, tout cela ondoyant : plumes, femmes, or, couleurs au balancement moelleux des équipages, tout cela la ravissait, la rendait folle. Puis, quand son regard se reportait sur l'étoffe terne et fanée de sa robe, sur sa petite chaise de paille, sur les pauvres meubles de sa chambre, elle pleurait.

Et cependant, aucune pensée mauvaise n'avait altéré la sérénité de son front; elle était chaste et naïve encore, comme au sortir des mains de Dieu.

La fenêtre de Berthe, bien que dominant le jardin du palais des pairs, donnait aussi sur la cour de la maison qu'elle habitait. Vis-à-vis de cette fenêtre, dans l'aile opposée, qui était moins haute d'un étage, s'ouvrait un châssis à charnière, donnant du jour à une petite chambre, laquelle était occupée par un jeune artiste, un sculpteur, dont la vie se passait à travailler ou à flâner.

L'artiste s'appelait Lucien Bressant. Il était grand et fort, hardi d'allures, franc de physionomie et de paroles, spirituel, ardent, paresseux et poète. Poète, au point d'avoir gardé, au milieu du bouffon scepticisme des ateliers, sa foi en Dieu et sa croyance en l'amour. Lucien avait été mauvais garçon, comme tant d'autres; il avait mené la vie d'artiste après la vie d'étudiant; mais il n'était point de ceux que le plaisir blase ou tue. — Au rebours de ces pauvres natures qui, téméraires dans leur faiblesse, attaquent étourdiment la vie aventureuse, se prennent un jour corps à corps avec elle, puis s'affaissent bientôt pour s'éveiller, — honteux débris, — veufs à vingt ans de ce qu'ils appellent des illusions, revenu à lui, il s'était remis à marcher d'un pas ferme; il était homme et se sentait au complet. Mais par cela seul que ses sens n'étaient pas émoussés, que son cœur était demeuré vierge et son énergie entière, il fut, à vingt-cinq ans, une sorte d'exception bizarre au milieu de cette foule d'hommes alanguis par les excès. Il végétait d'une vie excentrique et changeante; tournant, pour ainsi dire, au vent de sa fougueuse inconstance; nature chevaleresque et dévouée à l'excès, il lui eût été impossible de se baisser, pour passer par cette porte basse de la nécessité dont parle le grand poète!

Et cependant, Lucien n'avait pu subsister que sur art : sa fortune, moins robuste que lui-même, avait succombé dès longtemps; — il travaillait, mais par boutades, et son talent d'ailleurs n'était pas de ceux qu'affectionne la masse. De temps en temps, son ciseau produisait une ébauche devant laquelle ses confrères s'arrêtaient avec admiration ; mais, avant que l'ébauche fût terminée, l'inspiration semblait se perdre en lui; et, soit nécessité, soit fantaisie, son atelier se remplissait ainsi d'œuvres inachevées.

Toutefois, malgré cette apparente impatience, Lucien avait en lui le germe de ces talents originaux qui sont destinés à triompher de l'inattention de la foule. Comme André Chénier, il se sentait quelque chose là, et dans la tête la flamme ardente, inquiète du génie, et sans qu'il sût précisément vers quel but il marchait, il comprenait que, quelque jour, le voile se déchirerait, et que la gloire apparaîtrait à ses regards avec sa splendeur et ses rayons éblouis.

Avant l'époque où M. Danglade vint habiter la rue de l'Ouest, on rencontrait souvent Lucien assis sur un banc solitaire, au fond du Luxembourg. Il était rarement triste. Le plus souvent, sa physionomie portait l'empreinte d'une insouciance et d'une tranquillité parfaites. Comme Berthe, il rêvait; mais ses rêveries à lui n'avaient pas pour objet un monde fantastique. C'était le monde réel considéré d'un point de vue trop poétique

peut-être, mais embrassé d'un coup d'œil vaste et perçant. Le rêve de Lucien était tout à la fois une aspiration et un souvenir : un souvenir sans regret, car Lucien n'avait rien perdu; une aspiration sans inquiétude, car il se moquait de ses désirs, qui, gloire, amour, fortune, changeaient vingt fois en une heure. Souvent il prenait ses tablettes et écrivait rapidement quelques vers, non moins brillants et aussi peu achevés que ses ébauches de sculpture; là il écrivait ou modelait presque sans relâche, il semblait pris d'un subit accès d'activité. Qu'était-il donc arrivé à Lucien pour qu'il abandonnât ainsi ses habitudes aimées de flânerie ou de paresse?

Il avait vu un jour Berthe à sa fenêtre, il l'avait trouvée belle, et il l'avait aimée!

Dès que l'image de Berthe était venue se placer sous le regard du jeune artiste, l'idée d'un amour nouveau, puissant, fécond, s'était emparée souverainement de son esprit.

Ce lui fut d'abord une fatigue étrange et impatiemment supportée. Cet amour l'effraya sérieusement. Il eut une velléité de fuir, mais il eût fallu se faire violence; il resta. Bientôt, sa passion le dominant entièrement, il fit trêve à son activité passagère. Vous l'eussiez vu tous les jours, caché derrière les rideaux de sa fenêtre, dévorant des yeux la jeune fille et n'osant se montrer.

Berthe, de son côté, n'avait pas été sans remarquer la belle figure de l'artiste, son voisin; mais, absorbée dans son désir inquiet, elle avait donné peu d'attention à Lucien, et lorsque celui-ci, dans le but singulièrement détourné d'avancer ses affaires, s'avisa de se cacher entièrement, elle n'y pensa plus.

Cependant la passion de Lucien grandissait sans mesure. L'imagination de l'artiste, exaltée jusqu'au délire, menaçait d'éclater en folie. Cet état était d'autant plus dangereux, que Lucien n'ayant pas d'ami assez intime pour recevoir ses confidences, il restait entièrement livré à lui-même.

Cependant cette crise devait se dénouer sans catastrophe aucune.

Un jour Berthe était, comme à l'ordinaire, appuyée sur sa fenêtre.

Il faisait une délicieuse journée : le soleil étincelait; le vent frais et pur du matin apportait les murmures et les parfums des arbres du Luxembourg. Berthe écoutait les mélodies caressantes que chantaient dans son cœur la joie et l'espoir de ses jeunes années...

Tout à coup quelque chose effleura légèrement les grappes soyeuses de ses cheveux noirs, et s'en alla tomber au milieu de la chambre. Berthe, surprise, leva les yeux et interrogea du regard les fenêtres qui lui faisaient face.

Une seule était à demi ouverte, c'était celle de l'artiste. Mais la chambre était vide; nul mouvement, du moins, n'y décelait la présence de quelqu'un. Berthe, curieuse comme doit l'être toute jeune fille de quinze ans, se précipita vers l'objet qui gisait à ses pieds.

Quelques secondes après, elle dépliait un petit rouleau de papier sur lequel étaient écrits ces deux vers :

Dans ton œil caressant je lis un doux émoi !...
Tu rêves, belle enfant, et ce n'est point à moi !...

Berthe resta quelques secondes la tête baissée; puis elle alla fermer la fenêtre.

À ce mouvement, le pauvre Lucien, qui, caché derrière le rideau de sa fenêtre, épiait la jeune fille, se prit à regretter amèrement sa démarche; il eut peur de s'être aliéné sans retour ce cœur, qu'il supposait plus candide qu'il n'est probablement cœur de femme sous le ciel. Puis, comme il crut qu'il ne parviendrait jamais à faire partager son amour, après une journée entière passée dans une anxiété fiévreuse, il se résolut à combattre bravement un sentiment qui ne lui offrait aucun espoir.

Cependant, le lendemain, dès l'aube, il était établi de nouveau à son poste d'observation.

Ainsi qu'il l'avait pensé, Berthe s'était offensée de la façon dont la déclaration lui avait été adressée.

Toutefois, elle était femme, et cet incident suffit à troubler sa vie, déjà si inquiète.

Évidemment ce billet ne pouvait venir que de son voisin; elle ne s'y était pas un instant trompée. — Ainsi que Lucien, elle prit dès lors la résolution d'éviter soigneusement de tourner les yeux vers la fenêtre du jeune artiste; mais, comme Lucien, elle n'eut ni l'énergie ni la fermeté nécessaires pour tenir sa résolution.

Elle regarda donc; mais ce premier regard fut suivi d'un premier désappointement : elle n'aperçut personne. Et tout le jour des pensées étranges vinrent la visiter : pensées vagues encore, qui n'avaient pas même l'artiste pour objet exclusif; — mais n'est-ce pas déjà beaucoup d'être l'occasion de pareils rêves?

Lucien, toujours caché, assistait, invisible, à ce petit drame tout intérieur. Il revivait, pour ainsi dire, et l'espoir pénétrait radieux dans son cœur, qu'il illuminait!...

Toutefois, les craintes de l'artiste avaient été d'abord trop vives pour qu'il pût reprendre tout de suite son aplomb naturel, et il fut cinq ou six jours sans se montrer.

S'il se faisait si timide, et savourait en idée les douceurs d'un amour encore inaccepté, ce n'est pas qu'il y trouvât une satisfaction d'amour-propre ou tout autre bonheur de convention ; — non, — Lucien aimait avec toutes les facultés de son âme, et cette femme dont le chaste sourire lui promettait tant de bonheur, il l'entourait de respect et de vénération!

Un des effets heureux et immédiats de cet amour fut de ramener Lucien au travail. — Il y retourna avec ardeur, avec enthousiasme. Maintenant, il croyait à l'avenir ; il le voyait, il le touchait du doigt.

Et puis, il voulait devenir célèbre; il avait désormais un but dans sa vie : — il voulait se rendre digne de la femme qu'il aimait; — il voulait faire son nom plus grand, pour que la femme à laquelle il allait l'offrir en pût être heureuse et fière!

Il avait repris son travail d'atelier. Il sculptait maintenant comme au temps de ses promenades solitaires, et, pour rien au monde, il n'eût voulu se laisser distraire de cette activité qui l'avait repris.

Déjà il y avait un chef-d'œuvre dans cet atelier, dont les marchands et les amateurs avaient presque oublié le chemin. — Dans un coin, sous un voile de soie blanche, se cachait une statuette de deux pieds de haut, que nul n'avait été admis à contempler. — C'était Berthe, Berthe, divine de beauté, Berthe, parée de la candeur merveilleuse à laquelle ajoutent encore l'admiration et l'amour! un véritable chef-d'œuvre!...

Un jour que Lucien travaillait seul dans son atelier, un bruit depuis longtemps inusité, lui fit tourner la tête: des pas résonnaient sur le pavé du petit vestibule ; — il allait recevoir une visite. — D'un regard rapide, il s'assura que la statuette de Berthe était bien couverte de son voile, et il attendit...

II

LA STATUETTE.

Un jeune homme entra.

Il pouvait avoir une trentaine d'années; il était mis avec une certaine recherche, portait un lorgnon et fumait un cigare. — Il s'appelait le comte Aymard de Nogent.

C'était un ami des artistes, et, par hasard, il se trouvait être un amateur passable. Il avait pour Lucien une véritable affection, qui avait sa source dans l'estime qu'il professait pour son talent.

— Enfin, je vous trouve, mon bon, s'écria le comte, en serrant la main du sculpteur.

— Vous m'avez donc cherché! fit Lucien en souriant.

— Ma foi, oui, repartit le visiteur, je vous croyais mort. — Sincèrement, je suis venu deux fois.

— J'existe, cependant.

— Je le vois pardieu bien, cher, mais vous avez été malade?

— Non.

— Vous avez fait un voyage, alors?

— Pas davantage.

— Où étiez-vous donc ?

— Dans les nuages.

— Qu'est-ce à dire?

— Je m'étais fait poète.

— Poète! répéta le comte avec effroi.

Et le dandy, essuyant son lorgnon, commença sa revue. Lucien continuait de travailler en lui tournant le dos, ce qui permettait à M. de Nogent de hausser les épaules et de sourire en toute sécurité.

— Tenez, poursuivit-il tôt après, tout en examinant avec une attention de connaisseur les richesses de l'atelier, j'avais besoin de me retremper un peu.

— Avez-vous donc quitté Paris? demanda Lucien.

— J'ai visité l'Italie.

— Terre classique des arts.

— Comme vous dites.

— Et vous étiez seul?

— Non pas...

— Ah! je comprends.

— Quoi donc?

— Je ne veux pas être indiscret.

— Et vous ne l'êtes pas, mon bon.

— Qui donc vous accompagnait?

— Mademoiselle de Nogent, ma sœur.

— Ah! pardon...

Le comte poussa un éclat de rire.

— Ces artistes, dit-il avec enjouement, cela ne rêve qu'aventures, enlèvements, voyage sentimental. Ils sont tous les mêmes... Il n'y a pour eux qu'une seule chose au monde, l'amour; et encore, j'en connais qui pensent même que l'amour n'est pas de ce monde.

— Et ceux-là ont peut-être raison! dit Lucien d'une voix grave.

Le comte continuait son inspection, tout en causant.

— Oui, cher, reprit-il, le médecin avait conseillé un climat généreux pour ma petite sœur... une enfant délicate, nerveuse, une jolie petite plante de serre, qui se trouvait mal à l'aise au milieu de notre atmosphère empestée. Ma foi, le remède était bon, et nous voilà, elle et moi, revenus en bonne santé!

— C'est merveilleux.

— Savez-vous, Lucien, que ma sœur raffole de vos statuettes?

— Mademoiselle de Nogent me fait beaucoup d'honneur.

Le comte haussa les épaules.

— Mademoiselle de Nogent, répliqua le comte, est une imagination ardente, un cœur enthousiaste; elle tient cela de famille; et comme elle a vu votre Sapho dans mon cabinet, elle veut absolument quelque chose de vous... C'est pour cela que je suis venu ce matin.

— Malheureusement, je n'ai rien en ce moment.

— Bah!

Le comte venait de s'arrêter devant une ébauche.

— Et votre Baigneuse, dit-il avec vivacité, je connais cela. Diable! c'est beau! très beau! sur ma parole. Pourquoi ne pas l'achever?

— Je n'ai pas le temps, répondit Lucien.

— C'est dommage.

Lucien poursuivait son travail.

— Ainsi, vous n'avez rien de nouveau? dit le comte en reprenant son examen.

— Des sonnets, fit Lucien sans se détourner, s'il vous plaisait d'en entendre.

M. de Nogent recula jusqu'au bout de l'atelier et se trouva vis-à-vis de la statuette couverte.

— Qu'est cela? fit-il en soulevant le voile de soie.

— Des sonnets?... ce sont de petits poèmes en quatorze vers...

— Délicieux, sur ma parole, murmura le comte en extase.

— Coupés en deux quatrains et...

— Bressant! s'écria le comte, mais vous êtes un grand artiste!

— Vous trouvez, dit Lucien en se retournant tranquillement. Mais à peine eut-il vu M. de Nogent, dont la main tenait encore le voile, que son front devint d'une pâleur livide. D'un bond, il fut auprès de lui.

— Vous l'avez vue? dit-il d'une voix étranglée.

— Pardieu!...

Lucien prit la statuette à deux mains, et fit le geste de la précipiter sur le pavé.

Heureusement le comte le retint.

— Etes-vous fou! lui cria-t-il.

— Laissez-moi, fit le sculpteur, en cherchant à se dégager.

— Mais vous avez fait là un véritable chef-d'œuvre, mon ami... que diable, c'est de la folie cela, voyons, je vous en offre deux mille écus...

— Taisez-vous.

— J'irai jusqu'à trois mille.

Lucien fit un effort sur lui-même, remit tranquillement la statuette sur le bahut où le comte l'avait prise, et entraîna ce dernier vers le côté opposé de l'atelier.

Il était très pâle.

— Monsieur le comte, dit-il, d'un accent solennel, voilà dix années que je travaille avec ardeur, cherchant infatigablement ma voie au milieu des sentiers perdus de l'art, usant ma force, ma jeunesse à ce labeur surhumain : aujourd'hui, je suis encore inconnu, et j'ignore si la gloire que j'ambitionne doit m'apporter jamais la réalisation des rêves que j'ai bercés. — Eh bien! je vous le dis, s'il m'était prouvé que cette gloire ne peut s'acquérir qu'au prix de cette statuette vendue, passant de main en main, je n'hésiterais pas, monsieur le comte, et je renoncerais à tout plutôt que de consentir à une telle profanation!

— Je le disais bien, fit le comte avec un reste de raillerie, vous êtes insensé.

— Non, je suis amoureux

— C'est bien pis!...

Lucien sourit :

— Vous ne croyez donc pas à l'amour, monsieur le comte? dit-il avec plus de calme.

— Si fait! répondit le comte.

— Alors, vous pensez que je suis incapable de l'éprouver.

— Au contraire.

— Cependant...

— Cependant, cher, je vous trouve très jeune de cœur, très jeune de raison, et tout cela m'épouvante pour vous. Voyons, voulez-vous me permettre de vous adresser quelques questions?

— A votre aise.

— Vous ne m'en voudrez pas?

— Si vous n'étiez pas mon ami, monsieur de Nogent, et si je n'étais pas sûr de votre discrétion, vous n'auriez pas impunément, je vous le jure, soulevé le voile qui recouvre mon trésor.

Le comte s'assit près de Lucien :

— Ainsi, dit-il vous êtes tout à fait amoureux?

— Sans doute.

— La jeune fille est belle?

— Vous le savez maintenant.

— Et elle vous aime?

— Je l'ignore encore.

— Du moins la voyez-vous souvent?.

— Tous les jours.

— Elle habite peut-être cet hôtel?

— Précisément.

— Diable! et vous avez l'intention de l'épouser?

— Oui, certes.

Le comte fit une moue aristocratique.

— Une petite bourgeoise, dit-il dédaigneusement.

— Moins que cela peut-être, une grisette, repartit Lucien.

— Y a-t-il quelque fortune?

— Je m'en inquiète peu.

— Mais, sa famille?...

— Je ne la connais pas.

Le comte fit un soubresaut, il prit la main de Lucien et la lui serra :

— Mon bon, lui dit-il à voix lente, prenez bien garde à ce que vous allez faire ; la maladie dont vous êtes atteint me paraît des plus graves... et puisque vous me permettez de vous parler avec franchise, un vieux conseille de bien réfléchir... avant de...

— Mais c'est le bonheur qu'un pareil amour! fit Lucien.

— Peut-être... répondit le comte.

En parlant ainsi, il reprit son chapeau et ralluma son cigare ; puis il se dirigea vers la porte. Avant d'en franchir le seuil, il jeta un dernier regard sur la statuette, et la désignant du doigt à Lucien :

— Enfin, dit-il au sculpteur, n'oubliez pas que je vous en ai proposé trois mille écus.

Et il s'éloigna.

Lucien, mécontent du comte, mécontent de lui-même, sourdement inquiet de mille craintes vagues, ferma la porte de l'atelier à double tour, et revint se placer à quelques pas de la statuette.

Il resta longtemps absorbé dans une contemplation muette et extatique, la poitrine oppressée, le regard fixe, l'esprit flottant entre mille résolutions contraires.

— De l'or! murmurait-il de temps en temps, m'a offert de l'or pour elle?... Ah! dans quel monde vivent-ils donc, ces hommes?... à quelles femmes vont-ils porter leur amour?... ont-ils un cœur seulement?... O Berthe! Berthe!

Sa main passa rapidement sur son front, il prit la statuette et fit quelques pas à travers la chambre.

— J'ai eu tort, dit-il, j'aurais dû la cacher à tous les yeux, je devais m'attendre à ce qui est arrivé... Pauvre Berthe! j'étais égoïste... je n'ai pensé qu'à mon bonheur; j'étais si heureux de l'avoir là, près de moi, jour et nuit, belle et chaste, tendre et rêveuse, comme dans la réalité... J'étais insensé... oh! je ne veux plus l'exposer à une semblable injure.

Lucien souleva vivement la statuette et fit une seconde fois le geste de la briser... Il s'arrêta.

On eût dit qu'au moment de se séparer violemment de l'image aimée de Berthe, un suprême déchirement se faisait dans son cœur; quelques larmes amères emplirent ses yeux!

Puis il approcha le marbre de ses lèvres frémissantes et déposa sur le front de la jeune fille un muet et long baiser.

— O Berthe! dit-il, c'est la première fois que j'ose... Pardonnez-moi!... je vous aime, Berthe, comme jamais on n'a été aimé... C'est peut-être un éternel adieu... qui sait! ah! que du moins à l'avenir nul ne doute, par ma faute, ni de votre pureté,

ni de mon amour... Adieu Berthe!... adieu!

Et la statuette, s'échappant des mains de Lucien, alla toucher le pavé et se brisa.

Comme on le voit, l'amour de Lucien avait pris en peu de temps un développement extrême.

A mesure qu'il avançait dans cet amour qui s'était emparé de son cœur avec tant de violence, l'artiste s'isolait davantage et vivait sans chercher à savoir ce qui se passait au delà de la maison qu'il habitait.

Son monde à lui, c'était sa chambre; l'horizon qui plaisait le plus à son regard, c'était la fenêtre à laquelle Berthe venait s'accouder.

Il ne s'était pas demandé pourquoi la jeune fille restait ainsi seule toute la journée, sans personne qui veillât sur elle; il ignorait tous les détails de sa vie passée. Berthe était belle, Lucien avait lu sur son front et dans son regard tout ce qu'un cœur de jeune fille peut receler de pureté et de candeur, et lui, pauvre artiste aimant, s'était abandonné sans défiance.

Bientôt, cependant, Lucien se crut complètement heureux.

Le regard de Berthe, qui se posait parfois sur le sien pour s'y oublier de longues minutes, lui apportait l'enivrante promesse d'un amour partagé, et il frissonnait jusqu'au plus profond de son cœur, quand ce regard venait à lui comme un doux encouragement. Mais peu à peu ces satisfactions vagues et insaisissables ne lui suffirent plus, il eut des heures de découragement, il redevint triste, taciturne, il songea avec désespoir qu'un monde le séparait encore de celle qu'il aimait, et qu'il ne lui avait jamais parlé.

Parfois aussi, la jalousie le mordait douloureusement au cœur; il avait mille terreurs, il craignait à chaque instant de la perdre.

Sous le prétexte d'avoir un jour meilleur, il imagina de louer une chambre contiguë au petit appartement qu'occupait Berthe.

La jeune fille n'avait alors aucune raison pour le craindre ou pour le fuir. Elle ne sentait pas encore cette plénitude de passion qui emportait Lucien, et elle pouvait se croire forte contre les dangers d'un tel rapprochement.

Et puis elle avait confiance dans le jeune artiste.

Instinctivement, elle avait deviné en lui une nature droite, loyale, généreuse; sans le connaître, elle savait qu'elle pouvait abriter son honneur sous son amour; seulement, le sentiment qu'elle éprouvait n'était qu'un simple amour de jeune fille naïve et coquette, une tendresse sans puissance comme sans dévouement, et, tandis que Lucien lui apportait tout ce qu'il avait de jeunesse, d'enthousiasme et d'ardeur, Berthe se contentait de se laisser aimer, et elle s'endormait chaque soir sans désir, comme chaque matin elle s'éveillait sans trouble.

Lucien résolut bientôt de demander la main de Berthe à son père.

— Alors se présenta à son esprit une réflexion qu'il s'étonna naïvement de n'avoir point encore faite.

Quel était M. Danglade? que faisait-il? comment vivait-il?...

Lucien venait de mettre le pied dans le domaine de la vie réelle, et déjà il se trouvait arrêté!

Alors il s'informa, et pour la première fois il apprit ce qui se disait dans le voisinage touchant le père de Berthe.

D'étranges bruits commençaient en effet à courir. Les uns disaient que M. Danglade pouvait bien être un employé de la police; les autres affirmaient que c'était un agent de quelque prétendant; tous s'appuyaient sur cette circonstance réellement singulière :

On avait rencontré plusieurs fois M. Danglade par la ville, et toujours avec de somptueux habits et un équipage magnifique. Or, quand il revenait le soir dans la maison de la rue de l'Ouest, il rentrait à pied, quelque temps qu'il fît, vêtu de ce même habit noir, que deux ans de plus n'avaient pas rajeuni. — Évidemment cet homme se cachait.

Lucien ne pouvait rester sous l'effet de pareils bruits, et bien qu'il lui en coûtât beaucoup d'aborder ce sujet, il n'hésita pas à en entretenir Berthe.

III

L'AMOUR DE BERTHE.

Il pouvait être huit heures. Il faisait une de ces merveilleuses soirées qui semblent faites exprès pour la mélancolie et l'amour.

Je ne sais quel prétexte avait pris Lucien pour pénétrer auprès de Berthe, mais il y avait déjà plus d'une demi-heure qu'il était assis à ses côtés, à deux pas de la fenêtre ouverte; tous deux plongeaient leurs regards dans les profondeurs pleines d'ombre du Luxembourg.

Ils parlaient peu; — Lucien était ému, Berthe paraissait soucieuse.

Le jeune sculpteur avait mille choses à dire, et il n'osait en dire aucune.

Il craignait d'interroger la jeune fille, et cependant, il sentait qu'il ne pouvait vivre avec les soupçons étranges qu'avaient éveillés en lui les bruits qui couraient sur M. Danglade.

Quant à Berthe, elle prêtait une oreille distraite aux bruits harmonieux qui montaient du dehors, et elle laissait errer son âme et son regard vers les régions inconnues que le ciel des nuits étoilées ouvre à la rêverie !

Elle était belle encore ; sa taille, jeune et forte, se dessinait avec souplesse dans son corsage blanc ; son front éclatait de pureté, sous le blond diadème de son opulente chevelure ; elle avait toutes les extrémités d'une finesse extrême ; ses lèvres roses laissaient voir, en s'entr'ouvrant, une double rangée de dents éblouissantes.

— C'était un ensemble de perfections qui défiait l'analyse.

Lucien ne se lassait pas de l'admirer, et Berthe le laissait faire. Qui sait ! — la coquette enfant était peut-être, au fond du cœur, plus flattée de l'admiration du sculpteur que touchée de l'amour du poète.

Lucien se rapprocha de Berthe et lui prit la main.

La jeune fille tressaillit.

Sa rêverie l'avait emportée un moment vers les mondes impossibles; l'étreinte du sculpteur la ramenait, brutalement et sans transition, vers celui des réalités cruelles.

Elle soupira.

— Berthe, dit Lucien d'une voix timide, et dont le tremblement témoignait d'une émotion profonde, j'ai une prière à vous adresser.

— A moi ? fit la jeune fille.

— A vous, insista Lucien.

Berthe sourit.

— Eh bien ! qui vous arrête ? dit-elle aussitôt avec une certaine vivacité.

— Je n'ose pas.

— Vous avez peur ?

— Voyez...

Et en parlant ainsi, Lucien mit sa main glacée dans celle de la jeune fille.

Cette dernière eut un frisson nerveux à ce contact.

— Voilà qui est étrange, vous en conviendrez, dit-elle au jeune homme ; est-ce donc moi qui vous fais peur ?

— Peut-être.

— Au moins, n'en êtes-vous pas certain ?

— Je ne sais...

— Mais expliquez-vous, alors... car pour peu que cela dure, je sens que votre épouvante finira par me gagner.

L'enjouement de Berthe produisit un pénible effet sur Lucien, une ombre de tristesse passa sur son front, et son regard sembla adresser un muet reproche à la jeune fille.

— Ce que j'ai à vous dire est grave, reprit-il presque aussitôt : il s'agit de mon bonheur, Berthe, du vôtre aussi, peut-être ; j'ai hésité longtemps à vous parler, mais aujourd'hui il le faut, et, je vous en prie, si quelque chose dans mes paroles allait vous blesser, n'accusez que mon amour, et ne m'en veuillez pas pour l'intérêt que je porte à tout ce qui vous touche.

Berthe avait d'abord écouté avec un étonnement indifférent ; mais à mesure que Lucien parlait, cet étonnement s'était changé en curiosité, et quand le sculpteur eut fini, elle lui jeta un regard singulier, dont il chercha vainement à s'expliquer la portée réelle.

— Des choses graves ?... dit-elle avec un léger sourire qu'elle ne cherchait pas même à dissimuler ; mon bonheur ?... le vôtre ?... en vérité, vous m'effrayez ; hâtez-vous donc de me dire ce dont il s'agit, car maintenant votre silence me laisserait une inquiétude que rien ne pourrait calmer.

Lucien était fort embarrassé ; il avait cherché cet entretien ; il l'avait fait naître ; pour rien au monde, il n'y eût renoncé, et cependant le sujet qu'il avait à traiter ne lui semblait pas exempt de danger ; déjà, il ne savait plus comment s'y prendre pour interroger Berthe, sans lui donner le soupçon de ce qui se disait en dehors sur le compte de son père.

— Ecoutez-moi, Berthe, dit-il d'un accent ému, vous savez si je vous aime ! pour vous, je donnerais et ma vie et mon sang, et cette gloire folle que j'ambitionne, et que je ne puis plus acquérir désormais que par votre amour ; vous savez aussi que ma seule pensée est de faire de vous la compagne aimée de ma vie ; près de vous, je travaillerai, je deviendrai grand ; et je mettrai tous mes soins, tout mon bonheur à vous rendre la vie heureuse et douce.

— Je sais tout cela, fit Berthe, vous me l'avez déjà dit, Lucien, et je ne comprends pas...

— Tenez, Berthe, repartit le jeune homme, avec une sorte d'explosion, je suis bien malheureux.

— Vous ?

— Depuis quelques jours surtout !

— Et pourquoi cela ?

— Pourquoi !... Ah ! parce qu'il m'est venu une pensée horrible à l'esprit, et que je me demande, avec effroi, si votre père consentira jamais à notre union.

— Qui peut vous en faire douter ? fit Berthe en fixant sur lui un regard sans trouble.

— Tout, répondit Lucien.

— Mais encore ?...

Lucien s'était levé, il se promenait à grands pas à travers la chambre. Les questions se pressaient sur ses lèvres, vingt fois il s'arrêta indécis, cherchant à tourner la difficulté, et n'y pouvant réussir.

Enfin, il vint se placer à quelques pas de Berthe, et reprit, après un long silence :

— Depuis quelques jours, dit-il, il se passe d'étranges choses dans l'hôtel que nous habitons...

— De quelles choses voulez-vous parler ? interrompit la jeune fille.

— La rue de l'Ouest est le quartier de Paris qui ressemble le plus à une petite ville, poursuivit Lucien ; tout le monde se connaît, et il est bien difficile d'y cacher son existence pendant longtemps.

— Mais qui donc se cache ?

— M. Danglade.

— Mon père !

— On le dit du moins.

— Et pour quels motifs ?

— Voilà ce qu'on ignore.

— Et ce que vous voudriez savoir, n'est-ce pas ?

— Au moment où je songeais à demander votre main à M. Danglade, je me suis trouvé arrêté par une objection.

— Laquelle ?

— Berthe, depuis que je demeure à deux pas de vous, il ne m'est pas encore arrivé, une seule fois, de rencontrer M. Danglade.

— Eh bien !..

— Eh bien !... cela est au moins étrange.

— Mon père a, enfin, une existence bien occupée, Lucien ; c'est pour moi qu'il travaille ; je l'ai souvent engagé à se ménager, je l'ai prié de me laisser travailler moi-même ; il m'a toujours refusée.

— Je comprends ce dévouement, cette abnégation, cette ardeur au travail, de la part d'un père qui veut éloigner de son enfant de tristes préoccupations ; mais, s'il en est ainsi, si c'est bien là le sentiment auquel il obéit, pourquoi, si l'on assure, l'a-t-on souvent rencontré, dans d'autres quartiers de Paris, vêtu avec luxe et vivant avec faste ? Il y a là un mystère...

Pendant que Lucien parlait, Berthe était devenue pensive ; son front s'était baissé, son regard s'attachait maintenant au parquet avec une singulière fixité, son sein se soulevait avec précipitation : elle était vivement agitée.

Lucien craignit de l'avoir offensée. — Douter de son père, c'était presque douter d'elle-même, et l'amour n'est pas une excuse suffisante à une pareille faute.

Cependant Berthe releva bientôt la tête et arrêta sur le jeune sculpteur un regard où ce dernier fut tout étonné de ne voir briller que de la satisfaction.

— Ce que vous venez de me dire ne me surprend pas, dit-elle ; ces remarques, je me les avais faites déjà... Il y a, en effet, un mystère dans la vie de mon père ; mais quel est-il ?... Mon père est simple et bon ; tout ce qu'il a n'a été qu'un long dévouement pour sa fille, et je me suis demandé bien des fois s'il ne cherchait pas, en secret, à réédifier la fortune qu'il a perdue, pour ne laisser que la joie du succès. Mon père est l'homme des calculs généreux ; il se cache pour faire une action héroïque, comme s'il s'agissait d'un crime.

— Ainsi, dit Lucien avec un pénible effort, à l'heure qu'il est, votre père est riche peut-être ?

— Qui sait !

— Mais cette fortune, Berthe, ne craignez-vous pas qu'elle soit pour nous une cause de malheur ?

— Comment ?

— Si elle devait nous séparer à jamais.

— Y pensez-vous ?

— Je ne pense qu'à cela.

— Me préféreriez-vous pauvre ?

— Peut-être.

— Singulière manière de m'aimer !

Lucien ne répondit pas ; plus il avançait dans cette conversation, plus son cœur se trouvait froissé... Une vague terreur l'enveloppait peu à peu ; il n'osait plus interroger l'amour de Berthe, il craignait que son ambition seule lui répondit.

Cependant, le ciel s'était assombri... de lourds nuages noirs passaient dans l'air ; un vent d'orage courbait les arbres du Luxembourg, quelques larges gouttes de pluie commençaient à tomber avec un bruit sec sur le pavé.

Berthe alla fermer la fenêtre, et Lucien se disposa à se retirer.

— Vous partez? dit la jeune fille en se retournant vers lui avec un doux sourire.

— Votre père ne doit pas tarder à rentrer.

— Vous m'en voulez, je gage.

— Moi ! fit Lucien dont le cœur se gonfla.

Berthe lui tendit la main.

— Vous êtes un enfant, Lucien, lui dit-elle ; vous me croyez oublieuse, légère, ambitieuse peut-être, et vous ne vous rappelez jamais que j'ai toujours vécu seule, presque abandonnée... Ayez foi en l'avenir, mon ami, et croyez bien que, pauvre ou riche, je serai toujours la Berthe que vous aimez.

— Et qui m'aime ! n'est-ce pas, ajouta Lucien en baisant avec transport la main qu'on lui tendait.

— Et qui vous aime ! répondit Berthe avec une moue charmante, où il y avait peut-être plus de coquetterie que d'amour.

Lucien s'éloigna, fou de joie.

Il avait le ciel dans le cœur.

Cependant, malgré le bonheur dont le souvenir des dernières paroles de Berthe avait rempli sa nuit, dès le lendemain matin, il se mit en quête de nouveaux renseignements sur le compte de M. Danglade. Il voulait avoir une bonne fois le cœur net de tous ses soupçons et, moyennant une récompense honnête, il obtint du concierge la formelle promesse qu'on le tiendrait au courant de tout ce qui surviendrait.

Quelques semaines se passèrent dans l'expectative la plus poignante pour Lucien, et il désespérait déjà d'éclaircir le mystère, quand des événements inattendus vinrent tout à coup précipiter le dénouement.

Un jour, M. Danglade était rentré de meilleure heure que de coutume, et, en passant devant la loge, il s'y arrêta.

Sa figure était défaite, une certaine pâleur mate était répandue sur ses joues.

Il demanda, presque en balbutiant, si personne n'était venu le demander, et, sur la réponse négative du concierge, il recommanda de dire à tout étranger qui se présenterait pour le voir, qu'il n'y était pas, et qu'on ne pouvait préciser l'heure habituelle de son retour.

Lucien, à qui ce détail fut raconté, épia, dès ce moment, une occasion favorable pour parler à M. Danglade.

Mais il avait compté sans M. Michot !...

En effet, à cette époque, un homme se présenta rue de l'Ouest, qui demanda M. Danglade tous les jours avec une singulière persistance. Il attendait, longtemps assis dans la loge, et une fois sorti dans la rue, il faisait encore faction durant des heures entières.

Le portier avertit M. Danglade.

Celui-ci, au signalement de l'inconnu, parut se troubler, et sortit aussitôt en priant de l'éconduire tout à fait. Mais la chose était difficile. L'inconnu, qui avait refusé de dire son nom, ne quittait presque plus la voie publique ; si bien que M. Danglade ne vit pas d'autre moyen, pour se soustraire à cette persistance, que de donner congé et de changer de domicile.

Malheureusement, il n'eut pas le temps de mettre son projet à exécution.

IV

UNE VISITE INATTENDUE.

La veille même du déménagement, l'homme qui semblait avoir tant d'intérêt à fuir entra le soir en même temps qu'une autre personne, passa inaperçu devant le portier, monta rapidement les cinq étages et vint frapper à la chambre de Berthe.

Berthe était seule ; Lucien s'était retiré depuis quelques instants ; elle n'attendait personne ; cependant, après une hésitation d'un moment, elle alla ouvrir.

— M. Danglade? demanda l'étranger en saluant à peine.

— Il est sorti, répondit Berthe interdite.

— Je le sais, je le sais ; mais comme je tiens à le voir, je vais l'attendre...

Et il entra et s'assit, sans plus de façon, sur une bergère placée au coin de la cheminée.

Sept heures sonnaient à l'horloge du palais du Luxembourg.

Berthe, effrayée d'abord, puis impatiente, allait, venait, s'asseyait le plus loin possible de l'inconnu. Un secret pressentiment lui disait que la présence de cet homme annonçait un malheur.

L'inconnu cependant n'avait pas l'air de se douter que sa présence pût gêner quelqu'un. Assis carrément dans sa bergère, il inspectait du regard les objets qui ornaient les murs, et suivait de temps à autre la jeune fille dans ses évolutions inquiètes et troublées à travers la chambre.

Au bout d'une heure, il se leva, tira un cigare de sa poche, prit une allumette sur la cheminée, et l'alluma, sans plus de cérémonie.

Puis il se rassit sans prononcer une parole.

La jeune fille toussa bruyamment pour lui faire sentir l'inconvenance d'une pareille conduite ; mais lui ne daigna même pas lever les yeux sur Berthe.

— Ton père fumait autrefois, petite, dit-il seulement d'un ton railleur, tu dois être accoutumée à cela...

Il la tutoyait ! il parlait de son père comme s'il le connaissait particulièrement ! Berthe le regarda, et un vague souvenir lui vint de cet homme. Jadis elle avait dû le voir. Sans savoir pourquoi, en évoquant le souvenir d'une époque effacée, elle tressaillit, et elle eut peur.

Le reste de la soirée se passa en silence.

La jeune fille était en proie à mille incertitudes, à mille terreurs...

Elle songeait à son père qui semblait menacé ; elle n'osait ni dire un mot, ni faire un pas... Elle eût donné, en ce moment, tous ses beaux rêves d'ambition pour voir Lucien auprès d'elle.

Lucien !

Comme elle l'aimait à cette heure, comme elle avait foi en lui, comme elle sentait que lui seul aurait pu la protéger et la défendre dans une semblable situation !

Mais Lucien était absent et ne devait rentrer que fort tard.

Berthe attendit.

D'ailleurs, à part le fait de sa présence, Berthe vit bien tout de suite qu'elle n'avait personnellement rien à redouter de l'inconnu.

C'était bien à M. Danglade seul qu'il en voulait.

Il n'adressa même à Berthe aucune question sur son père, et se contenta de fumer, tout en chantonnant quelques refrains vieux empruntés à une langue que Berthe ne connaissait pas.

La langue d'argot !...

Enfin, vers minuit, on entendit un bruit de pas dans l'escalier, et comme Berthe se levait pour aller au-devant de son père, l'étranger la retint rudement.

— Reste-là ! lui dit-il d'un accent d'autorité.

La pauvre enfant se rassit effrayée.

Au même instant, M. Danglade, qui avait une double clef, parut sur le seuil.

— Pas encore couchée, Berthe? dit-il avec surprise.

Mais avant qu'il eût eu le temps de jeter un regard dans la chambre, Berthe lui désigna d'un geste l'étranger.

— Un homme ! fit M. Danglade en s'avançant précipitamment.

— Michot ! ajouta-t-il accablé.

— Fais sortir ta fille ! dit Michot à voix basse.

Et comme si Danglade se fût senti dominer par cet homme, il alla à sa fille, la baisa doucement au front et lui serra les mains avec un redoublement de tendresse.

— Laisse-nous, mon enfant, balbutia-t-il, laisse-nous... Monsieur est un ancien ami... J'ai à causer avec lui...

Berthe regarda son père avec étonnement, et, sans chercher à comprendre quel lien pouvait exister entre son père et un pareil homme, se hâta de se retirer.

Dès qu'elle fut sortie, Michot se leva et marcha droit à Danglade.

— Et maintenant, à nous deux ! dit-il d'une voix railleuse et sèche ; que diable, mon mignon ! ce n'est pas bien d'avoir fait banqueroute aux amis. A Toulon, on t'avait cru mort. Mais moi, je n'ai pas cru un mot de ça... J'ai du bonheur, vois-tu... j'étais sûr de te mettre la main dessus, un jour ou l'autre.

— Que voulez-vous? dit Danglade, partagé entre le trouble et la colère.

— *Que voulez-vous !...* Excusez... On est donc devenu bégueule ! *Que voulez-vous !...* Plus que ça de langage! Et c'est Danglade qui parle à Michot, à Toulon... dit...

— Assez !... assez !... Que veux-tu?

— A la bonne heure... ne t'impatiente pas, mon mignon. Je suis venu pour te dire... Dam!... sais-tu que tu ne ressembles pas mal à un honnête homme ?

Danglade frappa du pied.

— Allons ! pas de colère, reprit Michot avec un sourire moqueur. On vous fait des compliments, et tu te fâches !

— Me diras-tu enfin ce que tu veux ? grommela Danglade.

— J'approuve ton impatience, répliqua Michot, et je ne veux pas abuser de tes instants... D'ailleurs, ce que je veux est simple comme bonjour ; je veux cent mille francs.

— Cent mille francs !...

Danglade fronça le sourcil et regarda Michot en face.

— Tu plaisantes! dit-il.

Et dans ces deux mots, prononcés d'une voix basse et concentrée, il y avait une terrible menace.

Michot soutint bravement le regard et répondit, en supprimant son sourire, mais en haussant les épaules :

— Quelquefois... Jamais quand je parle d'affaires. — Il me faut cent mille francs !

Pour la figure, pour la taille, pour la force, de même que pour les manières, ces deux hommes offraient un frappant contraste. Danglade avait une tête remarquablement belle et noble; il était grand, fortement constitué ; ses façons étaient gracieuses et distinguées. Michot, au contraire, était petit, trapu et large des épaules, mais déjà courbé par des excès de tout genre; ses manières n'étaient plus que celles d'un loustic de taverne, et son visage, véritable enseigne d'infamie, présentait un type ignoble.

Tous deux semblaient se mesurer de l'œil, comme deux adversaires prêts à en venir aux mains. Danglade, les lèvres contractées, les bras croisés sur la poitrine ; Michot, une main enfouie jusqu'au coude dans la vaste poche de son pantalon, l'autre passée sous le revers de sa redingote boutonnée.

— C'est ton dernier mot ? fit Danglade d'une voix brève et saccadée.

— Oui, mon fils ! répondit Michot sans rien perdre de son assurance provoquante.

Le père de Berthe décroisa vivement les bras et s'élança sur Michot. Mais ce dernier retira non moins vivement la main passée sous le revers de sa redingote et présenta un pistolet à Danglade.

Celui-ci s'arrêta, tandis que son adversaire éclatait en un rire bruyant et railleur.

— Halte là ! mon bon... dit Michot. Ah ! dam ! nous connaissons tes manières : quand tes associés te gênent, tu as un moyen...

Il fit un geste énergique et grotesque tout à la fois.

— Connu ! continua-t-il, mais on n'étrangle pas ton serviteur comme un Castan...

— Silence ! interrompit Danglade, dont la voix tremblait de rage.

— L'argent était à nous trois, tu l'as pris seul. Tu as laissé le vieux Castan à demi étranglé, près des caisses dévalisées... Pourquoi donc ça ?

— Silence ! te dis-je.

Michot craignit d'exaspérer si fort son adversaire que la vue des pistolets devînt insuffisante à le contenir.

— Soit ! dit-il, c'est une vieille histoire, n'en parlons plus... mais j'espère que te voilà devenu raisonnable, à présent?

Danglade était tombé dans une profonde rêverie.

— Écoute, dit-il, j'ai eu tort de te recevoir ainsi.

— Je savais bien...

— Laisse! j'ai eu tort, parce que, sachant ma vie passée, comme, de mon côté, je sais la tienne, je dois... nous devons nous ménager réciproquement.

— C'est juste ! interrompit encore Michot.

— Mais tu as un plus grand tort.

— Bah !

— Tu viens, abusant de ta position d'homme qui n'a rien à perdre, me demander une somme dont je ne possède pas la dixième partie.

— Minute ! je t'arrête. Tu mens! dit Michot avec un flegme imperturbable.

— Mon pauvre Michot... commençait Danglade d'un ton caressant.

— Tu mens! tu mens! mon bon! Quand on vous demande cent mille francs et qu'on n'a pas le sou, on rit au nez de l'ami qui se permet une telle inconvenance. Mais tu t'es fâché, tu as des fonds.

— Sur mon honneur !...

— Bêtise !

— Sur ma parole !

— Idem ; tu mens de mieux en mieux... Qu'as-tu donc fait des six cent mille francs ? Tu passes les journées dehors, tu as un établissement en ville, tu roules carrosse, tu as des larbins galonnés. Est-ce que je suis, moi ?...

Danglade ne put retenir un mouvement de surprise.

— Oh ! tu ne l'avoueras pas tout de suite, continua Michot. C'est dans ton caractère... Mais, c'est égal ; dès demain je m'établis en sentinelle à ta porte, je te suis partout...

Danglade arpentait la chambre à grands pas.

— Si je ne découvre rien comme ça, reprit encore Michot, alors... je ne te dis pas, sur mon honneur, moi, je me rends justice... Alors, je te dénoncerai...

— Tu ne le feras pas, Michot, dit Danglade d'une voix suppliante.

— Si fait, mon bon, je m'en crois susceptible... et ce sera de ta faute, encore.

— Mais, dit Danglade, je ne puis te donner ce que je n'ai pas.

— Sans doute, sans doute ! Eh ! mon mignon, je ne suis pas un juif. Je te demande ce que tu as, voilà tout.

— Mais...

— Tu me feras voir ta caisse.

— Ma caisse !... s'écria étourdiment Danglade.

— Tu en as donc une!... Je m'en doutais... Allons!... pourquoi jouer au fin avec moi?

Il y avait, certes, dans la lutte de ces deux hommes, quelque chose de profondément instructif, et si quelque spectateur eût assisté à cette scène étrange, il se fût assurément demandé lequel de ces deux hommes était le plus adroit, lequel était le plus coupable.

Cependant Danglade se sentait pris. Il y avait, dans sa vie passée, un secret terrible qu'un seul homme au monde connaissait, et cet homme était devant lui, et ce secret pouvait le perdre, et cet homme menaçait de le dévoiler.

Danglade eut peur.

— Écoute, dit-il, je te donnerai dix mille francs, et Dieu sait qu'il ne m'en restera pas la moitié autant.

— Bon ! le voilà qui marchande, maintenant!... interrompit Michot avec un geste de dédain comique ; décidément, tu n'es pas changé... Voyons, je tiens à te montrer que je suis bon prince, moi. Si tu veux, il y a un moyen d'arranger tout cela... Seulement, je n'entends pas que tu me mettes dedans !

Danglade regarda Michot avec des yeux hébétés et stupides. Dans la naïveté de sa peur, il s'imaginait que les dernières paroles de son adversaire venaient de lui ouvrir une issue pour sortir de l'impasse où il était acculé.

Et puis, Michot avait dit que Danglade le tromperait ; il était donc possible de le tromper ; il y avait donc un moyen de mettre cet homme dedans, suivant ses propres expressions.

Danglade eut un secret tressaillement de joie.

— Comment ! demanda-t-il à Michot, que veux-tu dire, explique-toi?

— C'est facile à comprendre, répondit Michot, et c'est peut-être aussi facile à arranger ; pour lever cent mille francs, je prendrais la moitié de ta boutique, je serais ton associé, quoi... cela te va-t-il ?

Danglade semblait violemment combattu.

Associer un pareil homme à sa fortune, à ses entreprises, c'était dangereux. Michot était un compagnon avide, de mauvais ton, et se livrant avec une naïveté fâcheuse à des prodigalités folles...

D'un autre côté, en l'associant à ses travaux, Danglade s'assurait de la discrétion de son complice. Il savait qu'une fois assis commodément dans cette nouvelle existence d'aisance et de luxe, Michot n'y renoncerait pas facilement : il le tiendrait donc par le côté le plus sensible, et cesserait d'avoir à le redouter.

Son parti fut vite pris.

— Soit, dit-il, tu veux devenir mon associé... tu le seras.

— A la fin ! s'écria Michot avec une joie qu'il ne chercha même pas à dissimuler... Eh bien! tu prends le bon parti... c'est moi qui te le dis... vois-tu... Tu jouais gros jeu contre moi... je n'avais rien à perdre et j'avais tout à gagner... la partie était trop belle... Ainsi c'est dit ?...

— C'est dit.

— La caisse est à nous deux.

— A nous deux...

— Allons-y donc gaiement... Le bon temps va revenir... mais d'abord il faut que je te fasse de la morale.

— Toi !

— Oui, mon mignon, moi Michot ; tes allures ne me conviennent pas, il faudra en changer.

— Comment cela?

— Tu as deux noms... deux domiciles... deux existences... Eh bien ! c'est mauvais cela.

— Tu crois.

— Tôt ou tard, ça vient à se savoir... on jase, on fait des contes... le public s'émeut... et on finit toujours par se faire pincer.

— Tu as peut-être raison !...

— Si j'ai raison ?... je connais cela... quand on veut réussir, il faut aller la tête haute et porter son nom sur son visage.

— J'en ferai mon profit.

— Et puis, je serai là... que diable ! j'ai l'expérience de la vie, moi, je t'aiderai de mes conseils, c'est tout ce que j'ai... ce sera mon apport social, comme on dit...

— Je ne t'en demande pas d'autre.

— A la bonne heure... Demain donc, tu quittes cette bicoque?

— Justement, j'ai donné congé.

— Comme ça se trouve... Et après-demain nous nous installons... dans un autre quartier.

— Rue de la Chaussée-d'Antin.

— Fameux!... c'est entendu!

— Mais... dit Danglade, tout cela peut manquer; tu sais mieux que personne si mon crédit peut avoir des bases solides. Je désirerais que ma fille n'habitât pas...

— Elle est gentille, cette petite; rien de fait si elle ne vient pas avec nous.

Danglade jeta sur Michot un regard de haine; il avait cru deviner sa pensée.

— Michot!... dit-il en se redressant de toute sa hauteur, je te le défends! et si jamais!... je te tuerais comme un chien, entends-tu?

— Suffit! répondit l'autre avec indifférence, tu ne m'as pas compris... Michot ne s'amuse guère à ces bêtises-là...

Il était deux heures du matin, les deux *associé* se séparèrent.

Danglade ouvrit la porte du cabinet où dormait sa fille, et approcha la lampe de son visage.

— Pauvre enfant! dit-il avec découragement.

Puis, prenant le chemin de sa chambre à coucher, il ajouta entre ses dents:

— Un crime de plus, et je pouvais vivre tranquille!

Le lendemain, Lucien attendit inutilement Berthe à l'heure accoutumée. Puis il frappa à la porte de M. Danglade, puis enfin il descendit à la loge.

— M. Danglade?... demanda-t-il avec angoisse.

— Parti, monsieur, lui répondit le concierge.

— Parti!... répéta Lucien en comprimant son cœur de ses deux mains.

— Oui... parti pour la campagne.. Il laisse ses meubles pour paiement... de beaux meubles, ma foi... Ah! dam! il n'avait pas l'air bien gai... allez.

— t sa fille!

— Mademoiselle Berthe! pauvre chère enfant! elle pleurait.

Lucien crut qu'il allait mourir. — Il se retint à la muraille pour ne pas tomber.

V

SOCIÉTÉS EN COMMANDITE.

A quelques jours de la scène que nous venons de raconter, Michot était installé dans un magnifique bureau, attenant d'un côté au cabinet de M. de l'Etiolle, industriel fameux, de l'autre à un immense corridor, sur lequel s'ouvraient sept ou huit chambres numérotées. Là une armée de commis causait de la pièce nouvelle ou des évènements du jour, en travaillant, Dieu sait à quoi.

Tout, dans cet appartement, avait un air d'ordre et de régularité qui, au premier coup d'œil, faisait plaisir à voir. Il était évident qu'on avait mis le soin minutieux à arranger les divers ornements qui remplissaient chaque salon ou chaque bureau. Là, des pyramides de cartons superposés symétriquement, des plans appendus aux murs dans leurs cadres sévères d'ébène arrondi, des cartes en relief, des rayons de bibliothèques, où reluisaient, dans leur riche reliure, tous les ouvrages de nos plus célèbres jurisconsultes; de toutes parts, enfin, un parfum d'affaires, un grand air d'opulence.

C'était là que s'était installé M. Danglade, devenu M. de l'Etiolle à la suite de sa conversation avec l'honnête Michot.

M. Danglade était un fripon émérite, mais un fripon sans grande habileté; il voyait le danger, mais il manquait ni l'énergie ni l'adresse nécessaire pour lui faire tête ou le conjurer. Le secret de sa réussite première était tout entier dans l'honnêteté de sa physionomie, dans la grâce décente et distinguée de ses manières, jointes à un tact suffisant pour chercher les dupes là où ces qualités pouvaient agir le plus efficacement. Il n'avait point de petits actionnaires. Ayant eu l'entrée par hasard, dès l'abord, dans une grande maison du faubourg Saint-Germain, il avait étendu ses relations avec un merveilleux bonheur.

Il n'avait pas tardé à faire de nombreuses dupes. Ses exagérations industrielles, comme ses fables politiques, avaient été prises au pied de la lettre. En deux ans, il organisa cinq sociétés en commandite, et réalisa la presque totalité de leurs actions. Mais une fois lancé dans le tourbillon industriel, il lui fallut soutenir la concurrence de luxe et d'ostentation de ses pairs. Il devint fastueux, et dès lors, faisant vibrer dans le cœur de ses nobles dupes une autre corde que celle de la sympathie, il promit monts et merveilles, des intérêts magnifiques, des dividendes fabuleux; et bien que l'avidité mercantile ne fût pas portée au point où nous la voyons maintenant, ses promesses ranimèrent la confiance. Il est si doux, voire pour un ancien duc et pair, de tripler son capital!

Bien des millions lui étaient passés déjà par les mains; mais il ne faut pas croire que le plus habile fripon du monde puisse garder tout ce qu'il reçoit. En bonne piperie industrielle, le grand principe, au contraire, est de rendre à propos pour recevoir davantage.

L'habileté consiste à se retirer avec le plus d'argent possible; mais, pour cela, il faut que la confiance ait duré quelque temps. Il faut, par conséquent, avoir entretenu cette confiance, soit par un train de bureau et de maison somptueux, soit par le paiement exact d'intérêts et de dividendes savamment calculés.

L'Etiolle avait fait tout cela, et, lors de l'arrivée de Michot, il espérait se retirer bientôt avec une fortune considérable. Après son association forcée, il avait encore compté prendre ce parti; mais Michot, qui avait goûté l'opulence, n'était pas homme à se contenter même des cent mille francs qu'il avait d'abord demandés. Il s'imposa définitivement à l'Etiolle, et dès lors la ruine de cette maison se put aisément prévoir. Michot était entêté en même temps qu'incapable. Il engagea son associé dans des entreprises que celui-ci n'osa refuser. Au moment de *faire rafle*, il doubla l'enjeu.

Et puis, Danglade avait été atteint par la fièvre de cette époque. — Il jouait à la Bourse.

De trois à quatre heures, il ne bougeait pas du palais de l'agio. Il en connaissait toutes les ruses, toutes les infamies. — Il jetait, dans ce jeu infernal, des sommes considérables qui, quelquefois, se multipliaient dans ses mains, qui, plus souvent, s'évanouissaient au jour du paiement des différences.

Mais les fripons ont leur vanité tout comme les honnêtes gens. Danglade aimait ce bruit, ce mouvement, ce monde qu'il trouvait sous les colonnes corinthiennes de la Bourse... Il y était très connu et fort considéré. — On le saluait de loin, on se rangeait pour le laisser passer, on s'entretenait de ses succès; et il était fier de cette considération équivoque qui s'attache à l'homme heureux.

Danglade jouait donc... C'était, pour lui, plus qu'une distraction, c'était l'oubli.

Quoi qu'il fît, et bien que la prospérité éclairât la route qu'il suivait, son passé le suivait toujours comme son ombre; — le remords, c'est le boulet moral que le criminel traîne après lui, avant d'aller au bagne.

Nature vive, impressionnable, sans profondeur, Michot avait toutes les habiletés, tous les talents qu'exige une vie d'aventurier. Il était parvenu à se composer un extérieur en harmonie avec la position qu'il avait usurpée, et les bons actionnaires auxquels il avait affaire se félicitaient à l'envi d'avoir placé leurs fonds entre les mains d'aussi braves et honnêtes gens.

Michot était cependant un gredin de la pire espèce; il avait rendu déjà à l'Etiolle des services de plus d'un genre, et c'était une des raisons pour lesquelles celui-ci ne pouvait se résoudre à rompre avec lui.

L'eût-il voulu, d'ailleurs, qu'il ne l'aurait probablement pas pu. Ces deux hommes étaient fatalement liés l'un à l'autre par un crime commun, et ils craignaient l'un et l'autre une trahison réciproque.

Il y avait cependant cette différence entre eux deux, que Michot était décidé à tout, à la première velléité d'hostilité de la part de Danglade, tandis que ce dernier flottait irrésolu entre mille projets qu'il n'avait pas le courage d'exécuter.

Danglade avait une fille, et il l'aimait!...

Dieu avait placé près de lui cette enfant, pour qu'elle fût son remords de tous les instants.

Rien, pendant quelque temps, ne troubla la paix du ménage de Michot et de Danglade; mais le premier couvait une idée; il fallait bien que, tôt ou tard, il en fît part à son associé.

Le jour où nous reprenons ce récit, Michot était assis nonchalamment dans une pièce attenante à celle qu'occupait d'ordinaire son associé Danglade, et il se curait les dents avec une satisfaction mêlée de quelque peu d'impatience.

A chaque instant, son regard se tournait vers la porte du cabinet de Danglade, d'où quelques mots d'une discussion engagée à voix basse, mais vivement soutenue, arrivaient jusqu'à lui.

Enfin, les fauteuils roulèrent sur le parquet de la chambre voisine; on prit congé à voix haute, et la sonnette de Danglade retentit presque aussitôt.

— Eh bien? fit Michot en entrant.

— Va vite à la caisse, répondit Danglade, dont le visage parut resplendir, et ordonne qu'on paie, à bureau ouvert, les intérêts et dividendes de l'Ouest de la France!

— Mais... objecte Michot.

— Va, te dis-je, et reviens de suite.

M. de l'Etiolle ou Danglade se renversa sur son fauteuil après le départ de son acolyte:

— Six pour cent d'intérêts, murmura-t-il avec une sorte de

complaisance, quatorze pour cent de dividendes, vingt pour cent, c'est un joli bénéfice pour ces messieurs. Voyons, sur quinze cent mille francs d'actions prises, cela fait trois cent mille francs. Diable ! c'est un peu cher !...

Michot rentrait en ce moment.

— Sais-tu que c'est trois cent mille francs que tu jettes par les fenêtres, dit-il en entrant.

— Je viens de le calculer, cela fait réellement trois cent mille francs, répondit Danglade.

— Nous n'avons en caisse que vingt mille francs écus et une trentaine de billets de banque.

— C'est égal.

— Comment, c'est égal !

— Michot, je viens de gagner un million deux cent mille francs.

— Toi !... dit celui-ci d'un air incrédule, et en se rapprochant instinctivement de son associé.

— Oui. Les huit principaux actionnaires de la Société de l'Ouest de la France, pour la recherche et l'exploitation...

— Je sais le prospectus, après? interrompit Michot.

— Les huit principaux actionnaires m'ont fait l'honneur de venir me voir ce matin.

— Après?

— J'avais si peu l'intention de leur payer leurs intérêts et dividendes que j'ignorais jusqu'au jour de l'échéance. C'était aujourd'hui.

— Diable !...

— A la première ouverture, comme de raison, j'ai dit que j'étais prêt.

— Tu as de l'aplomb !

— Alors ces messieurs se sont consultés... je n'ai pas même eu la peine de leur proposer... et vrai, je ne sais si j'en aurais eu le courage! ces messieurs se sont consultés, et, ravis de notre exactitude, il m'ont proposé d'émettre quinze cents autres actions, qu'ils ont absorbées immédiatement avec une avidité méritoire.

Michot n'avait pas attendu la fin de la phrase, il s'était levé et parcourait la chambre en se frottant les mains.

— Bon! bon! bon! criait-il dans un véritable transport de joie, tu es un grand homme, Danglade!

— Chut! interrompit celui-ci, ne prononce jamais ce nom!

— C'est juste! tout ce que tu voudras. Vous êtes un grand homme, monsieur de l'Étiolle! vous êtes un grand homme, mon honoré patron!

Puis se rapprochant tout à fait :

— Ah çà! continua-t-il, voilà qui nous met en fonds pour notre société à nous.

Le front de M. de l'Etiolle se rembrunit tout à coup.

— Michot, dit-il, nous avons déjà cinq sociétés... Les employés nous ruinent.

— Mais je n'en ai pas une, moi, mon bonhomme.

— N'es-tu pas mon associé?

— Pas assez.

Et Michot, frappant tour à tour sur les cartons élégants qui couvraient le bureau de palissandre, continua :

— En moins de temps qu'il n'en faut pour les inventer, dit-il, tu as créé cinq sociétés qui représentent des capitaux énormes, incalculables. — Ici, ce sont les *Canaux du Centre*, cinq cent mille francs, dont deux cent mille sont déjà souscrits, plus loin, les *Pompes hydrauliques*, qui ont rapporté plus de cent cinquante mille francs; là, les *Mines aurifères*; à côté, les *Cuivres de la province de Constantine*, enfin l'*Ouest de la France*, le grand *Ouest*, qui, à l'heure qu'il est, représente près de trois millions de capital! Voilà notre richesse, c'est beau, cela promet, et je conviens que je devrais me contenter de cela. Mais, que veux-tu, moi-même, j'ai ma *tocade*, j'ai l'amour de la propriété, je veux avoir ma commandite à moi tout seul, mes actions à moi... La société Michot et compagnie, quoi ! — Comprends-tu?

— C'est de la folie! fit de l'Etiolle atterré.

— Possible.

— Ce sont des frais, des dépenses; on use son crédit à un pareil métier, puis un jour, les actionnaires se lassent, s'inquiètent ; la défiance s'en mêle, et la faillite arrive.

— Bah! la faillite vous prévient toujours d'avance, objecta Michot avec insouciance, on a le temps de mettre du foin dans ses bottes, et l'on file un beau matin par le chemin de fer, sans se donner la peine de saluer ses bijoux de commanditaires.

— Tu es cynique, Michot...

— Ah! parbleu, je te conseille de faire la *bégueule*.

— Ce que tu veux est impossible.

— Allons donc !... Ça se voit bien que tu n'aime pas à être contrarié.

— Je n'y consentirai jamais.

— C'est ce que nous verrons.

Et en parlant ainsi, Michot se, rapprocha de l'Etiolle et lui dit à voix basse :

— A moins que tu n'aimes mieux que je m'en explique avec la petite.

— Ma fille ! s'écria le malheureux père.

— C'est une idée !...

— Misérable !...

— Des gros mots !... allons... tu ne sais prendre que le côté violent des choses.

— C'est toi plutôt qui abuses de ta position pour nous perdre tous.

Michot haussa les épaules et se mit à jouer avec le manche d'un couteau d'ivoire, tandis que de l'Etiolle, en proie à la plus vive agitation, était allé s'accouder, frémissant de colère, sur le marbre de la cheminée.

Pour un rien, il eût tué son associé !

Cet homme était son démon familier, sa mauvaise chance, son mauvais génie! — Sans lui, il eût pu être heureux, vivre avec sa fille, se retirer avec elle loin des dangers que l'avenir lui réservait peut-être...

Michot présent, tout était remis en question !

Malheureusement de l'Etiolle n'était pas l'homme des résolutions promptes, et il comprenait bien lui-même qu'il n'aurait jamais l'énergie nécessaire pour dompter un pareil homme.

Il se sentait fatalement enfermé dans un cercle étroit, et se demandait, avec effroi, s'il lui faudrait vivre éternellement avec une si redoutable menace suspendue sur sa tête et sur celle de sa fille.

Tout à coup une idée lui vint à l'esprit, et avec cette facilité à se faire illusion, qui est le propre des natures faibles, il se crut sauvé :

Un sourire vint éclairer son visage :

— Voyons, dit-il alors à Michot, qui continuait de jouer avec le manche de son couteau, tu tiens donc beaucoup à ta société?

— J'y tiens !.. répondit Michot.

— C'est toujours la même?

— Toujours.

— *Société Michot et compagnie.*

— *Pour l'exploitation des gisements aurifères de l'Algérie,* compléta l'associé.

— Au fait, c'est peut-être une bonne affaire, reprit de l'Etiolle.

— Excellente... l'Algérie est à la mode, et c'est si tentant d'avoir de l'or à la portée de la main.

— Tu as raison.

— Tu y viens donc?

— Peut-être.

— A la bonne heure.

— Ecoute, nous allons lancer l'affaire... Quinze cents actions de mille francs chacune, pour ma part, j'en prends trois cents.

— Comptant !... fit Michot qui ouvrit l'oreille.

— Comptant !... répéta de l'Etiolle avec une indifférence feinte.

— Tu les as donc?

— Je les trouverai.

— Et tu me les donneras?

— A une condition.

— Laquelle?

— C'est que le siège de la nouvelle société sera fixé à Alger, et que le gérant sera tenu d'y résider.

Michot cessa de jouer avec son couteau et regarda de l'Etiolle.

— Oh! oh! dit-il d'un air ironique, mais c'est une idée cela...

— Tu trouves? fit son interlocuteur un peu embarrassé.

— Et c'est toi qui l'as imaginé tout seul?... Et tu as cru que je donnerais dans le panneau?...

— Cependant...

Michot se leva, rejeta sur la table le couteau qu'il avait à la main, et enveloppa son associé d'un regard plein d'audace et de résolution.

— Ecoute, dit-il d'une voix ferme, tu veux jouer au fin avec moi, et franchement cela ne te va pas... Je te le dis bien sérieusement, mon bonhomme, si jamais l'envie te prend de te débarrasser de moi, tâche au moins que je ne m'en doute pas, car cela pourrait te jouer un mauvais tour. Là-dessus, je te salue, et te dis à bientôt.

Et sur ces mots, Michot sortit du cabinet, laissant de l'Etiolle interdit et encore plus embarrassé qu'auparavant.

VI

UNE RENCONTRE.

A défaut d'un grand esprit, M. de l'Etiolle avait de l'expérience, et il se sentait glisser sur la pente.

Quant à Berthe, son rêve se trouvait réalisé comme par enchantement.

Au premier étage du magnifique hôtel dont les bureaux de son père occupaient le rez-de-chaussée, la jeune fille trônait, entourée de toutes les délices que peut donner l'opulence. Et, en vérité, on eût dit que toute sa vie ses jolis petits pieds, chaussés de satin maintenant, avaient foulé des tapis d'Aubusson. Ses yeux s'arrêtaient avec une satisfaction calme, sans surprise, sans transport de parvenu, sur les riches tentures de son boudoir. Elle drapait son cachemire de cinq cents louis, comme autrefois son petit châle de bourre de soie, avec grâce et simplicité. Grande dame, elle était ce qu'elle avait été pauvre fille : convenable, charmante.

Elle avait bien un peu pleuré en quittant la rue de l'Ouest ; mais, au détour de la rue de Vaugirard, un riche équipage l'attendait. — Elle ne pleura plus. — En montant l'escalier de marbre de l'hôtel de la Chaussée-d'Antin, l'image de Lucien se voila dans son cœur, et lorsque, arrivée au premier étage, son père, lui montrant un délicieux boudoir, lui dit :

— Berthe, voici votre chambre...

Le souvenir de l'artiste disparut complètement.

Berthe avait aimé Lucien à sa manière ; mais une seule chose en elle absorbait tout le reste. Le luxe était son élément. Tout souvenir entaché de misère la blessait ; or, elle voyait Lucien plus pauvre encore qu'il ne l'était réellement.

Sa société actuelle se composait exclusivement de riches et nobles héritières. La nature avait doué Berthe de tout ce qu'une éducation supérieure pouvait avoir donné à ses compagnes. Loin de faire tache au milieu d'elles, la fille de l'industriel les dominait en beaucoup de choses, et brillait par-dessus toutes par sa beauté.

Au moment où nous la retrouvons, elle avait déjà une amie et presque un mari, — mademoiselle Emilie de Nogent et M. le comte de Nogent, son frère.

Aymard, à la première vue de Berthe, avait été frappé comme d'un souvenir ; quelque chose lui disait qu'il avait déjà vu quelque part cette figure angélique, ces formes pures, cette attitude gracieuse ; mais il ne put parvenir à se rappeler l'atelier de Lucien et la statuette voilée. L'amour, d'ailleurs, l'avait aussitôt pris au cœur, et ne lui avait pas laissé le temps de réfléchir.

Mademoiselle de Nogent, nature aristocratique et figure, et cependant nature ardente et enthousiaste, s'était, de son côté, sentie attirée vers Berthe, qui, elle-même, la préféra beaucoup à ses autres compagnes.

Mademoiselle de l'Etiolle était si expansive en apparence, son cœur égoïste et frivole se cachait si bien derrière l'éloquente vivacité de son langage, vivacité augmentée encore par un léger accent méridional ! Sa conversation était chaude, originale, piquante. — Qui donc aurait pu deviner le défaut d'âme, sous ces saillies brillantes et redoublées ?

Entre jeunes filles, les confidences suivent de près l'amitié, quand elles ne la précèdent pas. En échange des petits secrets d'Emilie, qui confia la première ses rêveries vagues, son instinctif besoin d'aimer, Berthe détacha quelques épisodes de son roman de la rue de l'Ouest, en ayant soin de déplacer la scène. Elle raconta l'amour timide et puissant de Lucien ; elle montra même ses vers.

Emilie s'exaltait naïvement à ces récits ; et quand, plus naïvement encore, elle s'étonnait de la cruauté de son amie :

— Je ne l'aimais pas ! répondait hypocritement Berthe.

Après une ou deux longues causeries sur ce sujet, mademoiselle de Nogent se mit à penser à l'artiste, peut-être plus souvent qu'il n'était nécessaire.

Mademoiselle de Nogent n'avait plus dans le monde que son frère, et elle l'aimait avec ce dévouement expansif et radieux que les femmes apportent d'ordinaire dans toutes leurs affections, mais n'avait encore trouvé personne qu'elle pût aimer de cet autre amour immense qui tressaillait en elle.

C'était un poème que sa vie de jeune fille ; elle naissait à peine au monde ; tout lui apparaissait nouveau et charmant, et son âme avait des murmures dont le sens lui échappait à elle-même.

M. de Nogent, qui n'était pas poète comme Lucien, et se contentait d'être riche d'une soixantaine de mille livres de rente, n'avait pas trop à se plaindre de Berthe.

La jeune fille était avisée.

Sans avoir de données bien certaines sur la fortune de son père, qui ne s'était jamais bien expliqué à cet égard, elle soup-

connait en partie la vérité. Ce changement de nom mal motivé, la tristesse croissante de M. de l'Etiolle, ses discussions de plus en plus fréquentes avec Michot, qu'elle regardait, dans son ignorance, comme le principal auteur de leur opulence subite, lui faisaient craindre un second changement aussi terrible que le premier avait été inespéré. Un riche mariage pouvait seul éterniser, pour ainsi dire, son état présent, et à travers les premières ombres d'elle, et sa conduite avec M. de Nogent était d'accord avec cette conclusion. Elle jouait à ravir la comédie de l'amour ; elle se parait, froide et ambitieuse, d'une sensibilité factice, qui se montrait d'autant plus à propos qu'elle était calculée. Tout cela, du reste, était un rôle joué, mais non appris ; car la nature l'avait faite comédienne.

Au bout d'un mois, Aymard était amoureux fou, et presque tous les jours mademoiselle de Nogent venait prendre Berthe pour aller au bois. Elles étaient seules dans la voiture, Aymard les escortait à cheval.

Un soir, que leur promenade s'était prolongée jusqu'à la nuit, la pluie les surprit aux Champs-Elysées, en calèche découverte ; elles firent prendre le galop à leurs chevaux. En passant sous le premier réverbère de la place de la Concorde, elles entendirent un cri poussé près de la portière. Berthe tressaillit, — elle avait cru reconnaître la voix de Lucien. — Pendant tout le reste de la route elle fut rêveuse. — A plusieurs reprises elle pencha sa tête à la portière, et il lui sembla voir au loin un homme courant dans la boue, et faisant des efforts désespérés pour suivre l'équipage lancé au galop.

Le tressaillement de Berthe, le cri poussé par Lucien, que, pour celui que Berthe avait pris pour l'artiste de la rue de l'Ouest, tout cela frappa Emilie, et quand Berthe se pencha à la portière, elle imita son mouvement, et regarda comme elle.

Mille équipages sillonnaient les boulevards encombrés, l'homme suivait toujours obstinément, et à travers les premières ombres de la nuit, on eût pu croire que son regard s'était allumé pour suivre et fixer la voiture qui emportait Berthe !...

Emilie regarda la fille de M. Danglade. Celle-ci était fort pâle, et évitait le regard de M. le comte Aymard de Nogent, qui, du reste, ne se doutait de rien.

Enfin, on arriva à l'hôtel. Berthe jeta un regard inquiet des deux côtés de la rue. Mais elle vit que la nuit personne. Le souvenir de Lucien avait produit sur elle un mouvement qui ressemblait à un remords. — Il l'aimait tant, ce Lucien ! — Mais, en même temps, une vision repoussante avait passé devant ses yeux : elle avait vu la petite chambre de l'artiste, aux meubles rares et plus que modestes ; et elle s'était vue elle-même en robe d'indienne !...

M. et mademoiselle de Nogent s'étaient retirés. Berthe était seule, paresseusement étendue sur une causeuse. Après cette pluie, qui l'avait glacée, après cette réminiscence de misère, qui l'avait attristée, elle savourait le luxe qui l'entourait de toutes parts, le luxe, c'est-à-dire pour elle, le bonheur.

Une jeune camériste, à la figure avenante, à la taille souple et provoquante, allait et venait, rangeait les fleurs, et remettait chaque chose à sa place.

— Lise, lui dit tout à coup Berthe, en tournant nonchalamment la tête, que faites-vous donc là ?

— Je range, mademoiselle.

— M. de l'Etiolle est-il rentré ?

— Pas encore, mademoiselle.

— Il n'est venu personne me demander pendant mon absence ?

— Personne.

— En avez-vous encore pour longtemps ?

— Je me retirerai, dès que mademoiselle le désirera.

Berthe regarda un moment la camériste avec attention.

— Savez-vous, Lise, reprit-elle presque aussitôt, que vous avez là un bonnet charmant.

— Oh ! on me l'a déjà dit, repartit Lise.

— Il vous sied à ravir ?

— Mademoiselle est bien bonne.

— C'est une nouvelle emplette ?...

— C'est mieux que cela, mademoiselle.

— Qu'est-ce donc ?

— Un cadeau.

— Vraiment !...

Un sourire ironique effleura les lèvres de Berthe.

— François est donc bien riche qu'il vous fait de pareils présents ?... dit-elle avec une indifférence affectée.

Lise fit un petit mouvement de tête qui ne manquait ni de grâce ni de vanité.

— Aussi n'est-ce pas à François que je le dois ! répondit-elle effrontément.

— Et à qui donc ?

— A M. de Nogent !...

Berthe fit un geste d'étonnement. — Lise s'en aperçut.

Elle sourit.

— Vous êtes coquette, mon enfant, reprit Berthe après un moment de silence.

— On m'a dit si souvent que j'étais jolie, repartit la camériste.

— Vous le seriez davantage si vous le saviez moins.

— Oh ! un peu de coquetterie ne nuit jamais... Mademoiselle le sait bien aussi.

— Qu'est-ce à dire ?

Berthe eut un regard singulier.

— C'est-à-dire, mademoiselle, que je connais un jeune homme qui se meurt d'amour...

— Pour vous ?...

— Oh ! je ne parle pas de François...

— Et de qui parlez-vous donc ?...

— De M. de Nogent.

— Il vous l'a dit ?...

— Il m'a, du moins, prié de le dir

— A qui ?

— A mademoiselle de l'Etiolle.

Berthe se tut.

L'effronterie et l'aplomb de Lise l'effrayaient, et cependant elle ne pouvait se résoudre à lui imposer silence.

Lise était une fille adroite et qui avait appris le monde. — Elle avait vingt ans à peine, pourtant, mais elle avait déjà bien vécu. Elle comptait des phases diverses et nombreuses dans son existence, et elle connaissait surtout, de Paris, les quartiers où la vie est heureuse et facile.

On eût dit la Dorine du dix-septième siècle, transplantée au milieu de la société moderne. — Elle était accorte, vive, à l'œil mutin, au geste hardi. On ne pouvait pas dire qu'elle fût précisément jolie ; mais elle avait une tournure agaçante, un minois éveillé, une allure spirituelle, toutes les qualités qui s'acquièrent dans l'intimité des filles du d'able.

Lise avait commencé par fréquenter les ateliers, elle s'était faite artiste !... puis elle avait monté, puis elle avait descendu, — des transformations mystérieuses. — Elle était bonne fille au fond cependant, bien que son cœur ne l'embarrassât guère.

Une fois même elle avait failli aimer.

Elle ne l'avait dit à personne, — elle en était presque honteuse.

Mais bah ! Lise était une fille d'ordre, et l'amour vrai coûte trop cher. De temps en temps elle y pensait bien encore, mais cela durait peu !...

Cependant Berthe comprit combien il était imprudent d'accorder une si grande liberté de langage à une femme de chambre, et quand elle releva la tête, son regard s'adressa avec sévérité à la jeune camériste :

— Lise, lui dit-elle, d'une voix presque sèche, votre indiscrétion pourrait passer pour de l'importunité. A l'avenir, vous aurez soin de ne vous charger d'aucune commission de cette sorte, et je vous préviens que si cela se renouvelait, je n'aurais pas toujours pour vous les mêmes bontés.

— Qu'ai-je donc fait de mal ? demanda Lise avec un étonnement parfaitement joué.

— Ai-je besoin de vous l'apprendre ?

— Je croyais servir mademoiselle.

— Assez.

— Et puis, il y a peut-être une chose que mademoiselle ignore !

— Laquelle ?

— C'est que M. de Nogent n'est pas le seul qui m'ait engagé à vous parler de lui.

Berthe se redressa avec vivacité.

— Quelqu'un vous a invitée à me parler de M. de Nogent, dit-elle avec une sorte de terreur vague.

— Oui, mademoiselle.

— Et qui cela ?

— Je ne sais si je dois le dire.

— Vous hésitez quand je vous l'ordonne ?

— On m'a tant recommandé d'être discrète.

— Je tiens à connaître le nom de celui qui prend tant d'intérêt à ma personne.

— Eh bien !...

— Parlez.

— C'est M. Michot.

— Lui !... mais quel motif ?...

Lise allait continuer sans doute ses confidences, quand un grand bruit s'éleva tout à coup à la porte. Deux laquais venaient d'entrer et cherchaient à barrer le passage à un troisième individu de haute taille, dont la tête pâle apparut aussitôt dans l'embrasure de la porte.

Berthe jeta un cri de détresse.

Les deux laquais, poussés avec une violence irrésistible, chancelèrent, et le nouvel arrivant entra dans la chambre.

C'était Lucien !...

Lucien, les cheveux épars, sans chapeau, et couvert de boue.

Berthe mesura d'un coup d'œil l'étendue de son danger.

Lucien devait être outré. Trois personnes, trois domestiques, allaient être mis dans la confidence de sa faute !...

— Ah ! vous m'avez fait peur, Lucien, dit-elle en souriant.

Les trois valets dressèrent l'oreille, et Lucien s'arrêta étonné.

— Fou que vous êtes ! ajouta la jeune fille avec une voix où lui seul pouvait démêler une prière, je vous reconnais bien là ! j'a mais rien comme les autres ! Pourquoi n'avoir pas dit à ces gens votre nom ? Ils ne sont pas forcés de savoir la parenté qui nous lie... Allez ! continua-t-elle en s'adressant aux domestiques, et souvenez-vous de la figure de mon cousin, M. Lucien de Bressant.

Lucien restait immobile, dans un état de stupéfaction que rien ne pourrait peindre.

Les valets tournèrent le dos, non sans se confondre en saluts et en excuses. La femme de chambre les suivit ; mais avant de disparaître, elle jeta sur Lucien un regard où il y avait encore moins de curiosité que d'étonnement.

VII

RENCONTRE (suite).

Cependant Lucien regardait fixement Berthe, et semblait attendre l'explication de cette énigme.

Quand les domestiques se furent éloignés, et qu'elle se vit seule avec Lucien, Berthe se leva.

Son visage exprimait en ce moment une joie mêlée de crainte, et son regard à demi voilé n'osait encore s'arrêter sur le jeune sculpteur.

Quant à ce dernier, tout ce qui venait de se passer était pour lui comme un rêve. Il avait suivi la voiture à travers les boulevards, parce qu'il avait cru y reconnaître Berthe, et avait franchi le seuil du salon, sans se demander précisément où il allait, ni ce qu'il allait faire.

Il avait cru reconnaître Berthe, et cela lui suffisait.

Mais quand il eut vu Berthe, belle, calme et froide, quand il eut entendu le son aimé de sa voix, quand il ne put plus enfin douter de la réalité de la présence de Berthe, il crut faire un rêve pénible, et se demanda un instant s'il était bien réellement éveillé.

Berthe !... c'était bien Berthe, au milieu d'une opulence princière.

Que s'était-il donc passé ?

Que pouvait-il espérer ?

Que pouvait-il craindre ?

Et comme son cœur, violemment agité, hésitait entre mille suppositions contraires, il attendit.

Berthe avait fait quelques pas pour se rapprocher de lui ; pour la première fois elle releva son beau regard, et le posant un instant sur le front pâle de l'artiste :

— Lucien, lui dit-elle d'une voix émue et tendre, je ne vous reproche rien ; vous avez pu croire que je méritais votre colère, et par cela seul, je l'ai méritée. Cependant, malgré ce qui s'est passé, malgré mes torts, malgré votre colère, je ne puis croire encore que vous ayez voulu me perdre.

Il y avait dans le sourire de Berthe, tandis qu'elle parlait ainsi, une résignation calme, angélique. L'indignation de Lucien ne put résister, sa colère s'apaisa comme par magie, et il passa péniblement la main sur son front.

— J'ai voulu vous voir ! dit-il d'une voix brisée... Je vous avais perdue si inopinément, j'étais seul, si malheureux... je vous cherchais depuis... depuis...

— Depuis qu'une volonté plus forte que la mienne m'a séparée de vous, interrompit Berthe. Vous parlez de vos souffrances, de votre douleur, de votre isolement, Lucien, et vous ne croyez pas peut-être que moi je souffrais aussi, que je pleurais en silence, et qu'au milieu de cette opulence même, mon regard se reportait avec joie vers la petite chambre de la rue de l'Ouest, où nous nous sommes aimés, et que je me reprenais à regretter ce temps heureux où j'étais pauvre et libre... Oh ! j'ai été bien malheureuse, allez !...

Lucien était jeune et bon... il sourit tristement à ces paroles de Berthe, et l'espoir éteint se ralluma un instant dans son cœur ému.

— Vous ne m'aviez donc pas oublié ? demanda-t-il en tremblant.

— Moi ! interrompit Berthe, et pourquoi, et comment vous aurais-je oublié ? mon ami... Chaque jour, je formais mille projets insensés ; je voulais aller vous voir, vous écrire, que sais-je ?...

Mais ici, on me surveille, Lucien; le monde dans lequel je vis maintenant a ses exigences tyranniques; je ne puis faire un pas seule... Ah! j'ai bien souvent maudit cette réserve qui m'est imposée; mais, puisque vous voilà, je n'ai plus le courage de résister à l'élan de mon cœur, et si grandes que soient votre imprudence et la mienne, Lucien, vous le voyez, je brave le monde et je vous dis : Restez!...

Lucien avait écouté Berthe avec attention; ses premières paroles le ramenaient à une autre époque de sa vie, et il se revoyait encore, artiste heureux et aimé, travaillant avec ardeur sous les regards de la jeune fille. Mais, malgré l'habileté avec laquelle cette dernière cherchait à déguiser la pensée réelle qui l'animait, le jeune artiste sentit cependant un frisson glacial pénétrer tout à coup ses membres, quand elle eut fini de parler. Les dernières paroles de Berthe disaient trop ouvertement ce qui se passait dans son cœur, et Lucien avait trop de méfiance encore pour que l'intention ne fût pas saisie.

Lucien comprit, et il se redressa froid et presque fier.

— Vous avez raison, dit-il d'une voix ferme, vous avez raison; cette entrevue pourrait vous compromettre si elle se prolongeait davantage, je ne veux pas vous fatiguer plus longtemps de ma présence...

— Me fatiguer! s'écria Berthe.

— Oh! tenez, reprit Lucien avec une amertume presque dédaigneuse, il est inutile de dissimuler sous les dehors menteurs le changement profond qui s'est opéré en vous... Moi, Berthe, j'avais mis en vous l'espoir de ma vie entière, et je suis encore l'homme que vous avez connu, un artiste qui n'a que son cœur et sa pensée, et dont le cœur n'a cessé de vous aimer, dont la pensée a conservé intacte votre pure et sainte image!... J'ignore ce qui s'est passé, Berthe, j'ignore pourquoi, après vous avoir connue pauvre et simple, je vous retrouve aujourd'hui, riche, heureuse, et plus belle encore peut-être, la joie dans les yeux et le mensonge sur les lèvres; mais ce que je sais et ce qui me tuera, c'est que vous ne m'aimez plus, et que je doute même que vous m'ayez jamais aimé.

— Moi!... je ne l'aime pas!... balbutia Berthe.

— Oh! vous savez mentir!... interrompit le sculpteur en montrant la porte, comme pour rappeler son entrée et le mensonge fait aux valets.

Puis, ayant parcouru silencieusement du regard les tentures élégantes et les meubles précieux, il ajouta d'une voix sombre et pleine de sanglots mal contenus :

— D'ailleurs, je me rends justice, moi; il y a entre nous une distance infranchissable qui nous sépare à jamais... Vous êtes trop riche, maintenant!...

Ce mot portait trop juste pour ne pas blesser vivement la jeune fille.

— Vous ai-je donc parlé de cela?... demanda-t-elle avec dépit.

Puis, subitement fâchée d'avoir fait cette question, qui pouvait prolonger l'entrevue, elle ajouta aussitôt :

— Nous n'avons qu'un instant pour nous voir, et vous le passez à m'adresser des reproches!...

A ces paroles, qui témoignaient bien clairement des sentiments qui agitaient Berthe, Lucien fut sur le point d'éclater en sanglots; mais il eut cependant encore assez de force sur lui-même pour se contenir.

— Vous avez raison, dit-il d'une voix brisée, je suis resté trop longtemps déjà; un dernier mot cependant, avant que je ne m'éloigne, et cette fois pour toujours... J'ignore la source de cette fortune subite qui vous enlève à moi!... Je veux l'ignorer... mais si plus tard vous aviez besoin d'aide, si, ce qu'à Dieu ne plaise, le malheur devait jamais vous éprouver de nouveau, souvenez-vous de moi, Berthe. — Je puis encore vous aimer malheureuse!

A ces mots, il se dirigea lentement vers la porte.

Mais Berthe avait fait un geste d'effroi; elle courut vers lui, et lui dit à voix basse :

— Écoutez!

Des pas venaient de se faire entendre dans la pièce voisine.

— Il est trop tard! continua la jeune fille que l'angoisse faisait trembler comme une feuille. C'est mon père, Lucien! Au nom du ciel, laissez-moi une dernière chance de salut... Quoi que je dise, ne me démentez pas, et n'appelez plus mensonges des paroles arrachées par la nécessité!

Lucien s'inclina sans répondre, et remonta le salon avec Berthe. M. de l'Etiolle entra.

Il croyait trouver Berthe seule, son visage était à moitié souriant; les rides soucieuses, qui, le matin encore, plissaient son front, avaient disparu; il avait pour sa fille un maintien grave et doux qu'il savait prendre quand il voulait.

Berthe était, elle, au contraire, profondément agitée, et son regard interrogeait anxieusement la physionomie de Lucien.

Ce dernier avait recouvré tout son sang-froid, il se tenait calme et digne au milieu du salon, cachant sous des dehors pleins de froideur la curiosité dont il était dévoré.

En apercevant quelqu'un, M. de l'Etiolle s'arrêta, et jeta sur le jeune artiste un regard d'étonnement et de soupçon.

— Quel est cet homme? demanda-t-il tout bas à Berthe.

— Monsieur de Bressant, veuillez pardonner, murmura celle-ci de manière à être entendue de son père.

— Que veut dire?...

Berthe s'approcha de son père, et se penchant mystérieusement à son oreille :

— Cet homme connaît M. Danglade, lui dit-elle d'une voix rapide et basse.

L'Etiolle recula comme s'il eût marché sur un serpent.

Puis son regard examina Lucien. Puis, comme les quelques mots que lui avait dits sa fille annonçaient un danger qu'il fallait conjurer à tout prix, il salua le jeune sculpteur avec une politesse presque franche.

— Monsieur... lui dit-il en faisant quelques pas vers lui.

— Chut! fit Berthe à Lucien, en affectant un mystère profond; laissez-moi faire. Je vous expliquerai plus tard...

— Monsieur, continua-t-elle tout haut, est un artiste, un sculpteur.

— Et que puis-je faire pour monsieur? demanda de l'Etiolle.

— Rien! commençait Bressant, qui, dès le début de cette scène, soutenait impatiemment sa position fausse, et se tenait droit et fier en face de M. de l'Etiolle.

Berthe l'arrêta d'un regard suppliant.

— Monsieur désire de l'emploi et un nom, s'empressa-t-elle de répondre en se tournant vers son père; vous pouvez lui faire des commandes; dans vos salons, il trouvera...

— Sans doute, sans doute, interrompit M. de l'Etiolle avec son plus aimable sourire; si monsieur veut me faire l'honneur de venir à mes soirées, je serai trop heureux.

— Merci, dit sèchement Lucien.

Et comme Berthe joignait les mains derrière son père, il ajouta :

— J'aurai quelquefois cet honneur.

Puis il salua et se dirigea vers la porte.

Sur un signe de sa fille, qui désirait être seule, ne fût-ce qu'un moment, pour se recueillir, M. de l'Etiolle reconduisit Lucien jusque dans le vestibule, avec une grande affectation de politesse. Là, remarquant l'état déplorable de son costume, il lui proposa sa voiture. Lucien refusa.

Dès qu'il l'eut vu descendre l'escalier, M. de l'Etiolle rentra vivement, et s'élança dans la chambre de sa fille.

— Me direz-vous comment cet homme est ici? demanda-t-il avec violence.

— Le sais-je?... voulut commencer Berthe qui avait eu le temps de préparer une fable merveilleusement échafaudée.

— Où l'avez-vous connu? insista M. Danglade.

— Rue de l'Ouest!... balbutia la jeune fille.

— Rue de l'Ouest! répéta le père avec un éclair dans les yeux.

Nous tirerons un voile sur cette scène. — S'il est un tableau hideux et révoltant sous le ciel, c'est sans doute celui-ci : un père criminel en face de sa fille, ne trouvant pas un regret pour l'honneur compromis, et rugissant de la faute, non parce que la faute amènerait la honte, mais parce que, cette fois par hasard, elle entraînerait une ruine sans effet.

Cependant Lucien avait descendu rapidement l'escalier, il avait hâte de s'éloigner de cette maison, où, un instant auparavant, il avait cru retrouver le bonheur.

En passant sous le vestibule d'entrée, il s'entendit appeler.

Il se retourna avec un frémissement.

Une jolie soubrette était à deux pas de lui et lui souriait.

— Vous ne me connaissez?... lui dit le jeune sculpteur après quelques secondes d'hésitation.

— Il paraît que vous ne me reconnaissez pas, vous, repartit la jeune soubrette avec une petite moue qui ajoutait un charme de plus à sa beauté.

— Attendez donc....

— Cherchez bien.

— Je me rappelle...

— La rue de l'Ouest...

— Lodoïska?...

— Chut! fit la jeune fille, en souriant finement, ici on m'appelle Lise.

La mémoire revenait tout à fait à Lucien. — Il avait connu Lise, il y avait quatre années; depuis, il l'avait complètement oubliée.

— Lise?... dit-il avec surprise, et pourquoi?

— En changeant de condition, j'ai changé de nom.

— Tu es donc en service ?

— Chez mademoiselle de l'Etiolle.

— Chez Berthe?

— Ah! il paraît que vous l'avez reconnue celle-là, dit la sou-brette d'un accent de reproche.

Le jeune sculpteur avait été, sans s'en douter, l'une des pas-sions de Lise, elle ne le lui avait jamais avoué, et lui s'était bien gardé de s'en apercevoir. Bien que quatre années se fussent écou-lées, la jeune fille se souvenait encore!...

Mais Lucien avait bien autre chose en tête. Lise était chez Berthe, et il voulait tout savoir.

Il lui prit la main.

— Ecoute, Lise, dit-il; au milieu de cette opulence qui en-toure Berthe, au milieu de ces fêtes, de ce bruit, de ce luxe, dis-moi, n'as-tu pas surpris, quelquefois, une ombre sur son front, une tristesse dans son cœur?

— Jamais.

— Toi qui as le privilége de pénétrer à toute heure près d'elle, tu ne l'as jamais vue essuyer une larme ni étouffer un soupir?

— Pas du tout.

— Ainsi, tu la crois heureuse?

— Elle est si riche! M. de l'Etiolle adore sa fille, les plus beaux cachemires sont pour elle, les plus riches parures, les plus magni-fiques dentelles... des chevaux, des voitures, des bals, des spec-tacles... Le moyen que mademoiselle Berthe s'ennuie avec cela.

— Tu as raison.

— Il n'y a pas autre chose au monde pour une femme.

— Tu crois?

Lucien prit sa tête dans ses mains, et resta quelques instants taciturne et pensif.

— Allons! allons! monsieur Lucien, reprit Lise d'un ton de compassion comique, je vois où ça vous gêne.

— Que veux-tu dire? fit Lucien.

— Vous êtes amoureux.

— Qu'en sais-tu?

— Oh! ça se voit bien.

— Et quand cela serait.

Lise secoua la tête d'un air boudeur.

— C'est malheureux pour vous, continua-t-elle; mademoiselle Berthe est dans une position où les maris ne lui manquent pas. — M. de l'Etiolle a meilleur goût sur elle... Et puis, tenez, voulez-vous que je vous parle avec franchise?

— Parle.

— Eh bien! il me semble que tout à l'heure elle ne paraissait pas charmée de vous revoir.

Ce que Lise venait de lui dire, Lucien l'avait déjà pensé; et si, en ce moment, il était là, le cœur brisé, le désespoir dans l'âme, c'est qu'il pensait bien que Berthe était perdue pour lui.

Que lui importaient et la distance qui les séparait et les obsta-cles que M. de l'Etiolle eût pu mettre contre eux! L'amour de Berthe eût comblé la distance et surmonté les obstacles.

Mais Berthe avait jeté l'oubli, comme un linceul, sur le passé. Ce passé était bien mort... Il ne devait plus revivre.

Lucien fit un effort suprême.

— Tu as raison, dit-il à Lise. Il y a désormais entre Berthe et moi tout un abîme. — Il faut y renoncer.

— Et s'en consoler surtout, ajouta Lise.

Lucien regarda la jolie soubrette, qui souriait d'un air mutin, et il s'éloigna rapidement en lui faisant un dernier geste d'adieu.

VIII

UNE FÊTE A AUTEUIL.

On était au milieu de l'été de 1838.

Lucien habitait encore la rue de l'Ouest, mais, chaque jour, ce séjour était pour lui la source de nouvelles souffrances.

Tout, dans cette maison, lui rappelait des souvenirs qu'il s'ef-forçait en vain d'étouffer. Il ne pouvait sortir de sa chambre sans se trouver face à face avec la porte de Berthe; il ne pouvait ou-vrir sa fenêtre sans voir le balcon de Berthe; les vases ou les fleurs oubliées par la jeune fille, et qui se desséchaient fanées; les arbres du Luxembourg, sa chambre même, tout était pour lui regret et souffrance... Il comprit qu'il y aurait de la folie à chercher à lutter contre cette puissance des souvenirs, comme il voulait désormais se conserver fort pour les luttes de l'avenir, il donna congé et partit !...

Le pauvre artiste vint planter sa tente à Auteuil; loin des lieux habités autrefois par Berthe, il espérait se reconquérir lui-même. L'art, se disait-il, est assez grand à lui seul pour occuper la pen-sée et le cœur d'un homme! N'a-t-il pas assez de peines amères, assez de jouissances infinies! La mission de l'artiste est sé-rieuse, sa vie est complète; à lui seul le travail, les espoirs en-chantés, l'inspiration, le succès!... A lui encore le doute de soi-même, le doute terrible et poignant, la fatigue, le découragement, la défaite! Devant lui, un temple splendide; derrière, un abîme sans fond. Dans cette imposante alternative, entre la gloire et l'oubli, y a-t-il donc place pour l'amour d'une femme!

Et Lucien se souvenait pourtant, et il secouait inutilement sa forte organisation morale. L'amour restait tenace, importun, in-vincible, caché dans un recoin de son cœur, comme le moucheron sous la crinière du lion de la fable, et, plein de honte à chaque blessure de son ennemi, Lucien s'affaiblissait davantage ; il ne produisait plus ; ce n'était ni paresse, ni boutade maintenant ; c'était épuisement, impuissance !...

Lucien, qui se voyait succomber lentement à cette lutte dégra-dante, cessa tout à coup de se torturer le cœur. Il accueillit bravement les souvenirs, et comme il voulait le repos à tout prix, et que le doute eût été encore une fatigue, il ne douta plus !... Sa volonté si faible contre son cœur même épais du sens qu'elle agit dans le sens de son amour. Il employa tout son génie à ex-pliquer avantageusement la conduite de Berthe, et après quel-ques jours son ancien respect pour la jeune fille était revenu.

Au bout d'un mois, fortifiant sans cesse à plaisir sa crédulité volontaire, il en vint à se repentir sérieusement de ses soupçons.

Ses promenades solitaires avaient recouvré leur charme. Il al-lait s'asseoir au fond de quelque fourré moins épais du bois de Boulogne, et, plaçant par la pensée sa maîtresse à ses côtés, il se perdait dans de longues rêveries, conversations mystiques pleines de douceurs et de repos.

Il revivait.

Un soir qu'il regagnait paisiblement son gîte, le hasard dirigea ses pas du côté de la grande avenue de Paris à Versailles.

A cent pas de la route, une grande et magnifique maison était illuminée. Des pots à fleurs, des verres de couleurs brillaient au travers des arbres du parc. — Tout le long de l'avenue, une im-mense file d'équipages s'étendait jusqu'au grand chemin.

Lucien vivait en véritable anachorète dans sa solitude d'Au-teuil; il ne connaissait ni de visage, ni même de nom les per-sonnes qui demeuraient dans son voisinage ; il demanda le nom du maître de cette habitation princière, et on lui répondit que c'était M. de l'Etiolle, le père de Berthe !...

Lucien jeta un coup d'œil avide à travers les arbres, et il vit le château qui resplendissait au fond, comme un palais de fée!...

La fée de ce palais, c'était Berthe; et il y avait bien longtemps qu'il ne l'avait vue !

Il fut sur le point de franchir la grille du parc ; mais, heu-reusement il remarqua qu'il n'était pas précisément en tenue de bal.

Il avait pour tout costume une blouse de chasse, une casquette et un pantalon de coutil, une cravate nouée négligemment au-tour du cou, et des souliers d'artiste voyageur.

Il s'arrêta et revint sur ses pas.

Puis, tout en s'éloignant, il réfléchit.

Il se dit d'abord que sa place n'était pas chez M. de l'Etiolle, que cependant les portes lui étaient ouvertes; qu'il ne connaissait pas M. de l'Etiolle, mais qu'il connaissait Berthe, et que la vue de la jeune fille lui serait singulièrement douce et bonne.

Ces deux pensées se choquèrent dans son esprit, et il hésita grandement.

Que devait-il faire?

Entrer chez cet homme qui remuait des millions sous un nom d'emprunt ! C'était équivoque.

Mais aussi : revoir Berthe !

En rentrant, il mit bas son négligé de campagne et rassembla à grand'peine son peu de linge pour composer une tenue de bal. Sa garde-robe se trouvait dans un étrange désordre.

Il fut plus de deux heures à sa toilette, et n'obtint qu'un demi-résultat.

Cependant la fête de M. de l'Etiolle était à son apogée de splendeur. Berthe, secondée par mademoiselle de Nogent, faisait les honneurs avec une aisance, une grâce parfaites. Elle n'avait que dix-sept ans pourtant, et quelques mois à peine s'étaient écoulés depuis qu'elle habitait une mansarde!...

C'était M. Michot qui avait imaginé cette fête.

L'associé de M. de l'Etiolle avait atteint son but en partie. Il était gérant d'une société en commandite ; mais la société, quel-que séduisante et belle que fût la raison sociale Michot et compa-gnie, n'avait pas encore pu trouver d'actionnaires. Or, une société sans actionnaires, se disait Michot, c'est comme s'il n'y avait pas de société. Michot se désolait. Il se creusait en vain pour in-venter un moyen de pousser la confiance, et son cerveau vulgaire ne lui fournit qu'un expédient : redoubler de luxe, éblouir les dupes, écraser les concurrents.

M. de l'Etiolle avait eu beau protester. A toutes ses représentations, Michot, brutal et entêté, avait opposé son ultimatum :

— Je le veux ! Marche, mon bonhomme, sinon...

Et M. de l'Etiolle avait cédé.

C'est ainsi, qu'après avoir donné nombre de fêtes ruineuses pendant le reste de l'hiver et le printemps, il avait loué depuis peu cette maison, située entre Passy et Auteuil, où il rassemblait toutes les semaines des gens qui n'avaient plus ni bonne volonté ni confiance.

Le ménage Michot et Danglade était loin de se présenter dans les termes convenables où nous l'avons vu. — Les deux associés semblaient las l'un de l'autre, et tout faisait présumer que le divorce n'était pas très éloigné. Ils s'occupaient donc, en conséquence, de liquider, — à leur façon, s'entend.

Le matin de ce jour, Michot et Danglade avaient eu une longue et vive discussion, à brûle-pourpoint ; au milieu des doléances hargneuses sur le méchant résultat de son entreprise, Michot avait dit tout à coup :

— Pardieu ! tu as une fille, Danglade !

— Eh bien ?

— Eh bien, je m'entends, mon bonhomme ; il faut que mes actions soient placées.

M. de l'Etiolle comprenait, lui aussi, parfaitement. Peut-être que, dans sa dépravation profonde, une idée analogue avait pu déjà traverser son cerveau. Cependant, présentée par Michot, cette même idée l'effraya et le révolta.

— Ma fille n'a rien à faire dans nos entreprises, dit-il, d'un ton qu'il voulait rendre impérieux ; n'en parlons plus, je te prie.

— Et si je veux en parler, moi ! dit Michot. Et justement je le veux, et j'en parlerai, parce que... il faut que mes actions soient placées.

L'Etiolle laissa échapper un geste de colère.

— Bon, bon ! mon fils ! rage tant que tu voudras ; mais écoute, fit Michot. Ta fille est jolie. J'y avais bien pensé pour moi dans le temps...

— Pour toi ?

— Ça t'étonne ? pas moi, mais j'ai réfléchi, j'ai trouvé autre chose, et ça vaut peut-être mieux !... Tu sais de qui je veux parler. — Un bon parti, ma foi ! Le jeune comte de Nogent, qui la regarde avec des yeux... à soixante mille livres de rentes, et... que diable ! mon fils, il faut bien que mes actions soient placées !

Au nom de M. Nogent, de l'Etiolle s'était violemment retenu pour ne pas interrompre son associé ; celui-ci, qui s'en était aperçu, reprit après quelques instants de silence ;

— Et tiens ! j'ai l'idée que l'affaire est en train. Le comte t'a parlé.

— A moi ?

— A qui donc ?... Il ne faut pas mentir avec moi, tu sais, mon bonhomme. — Le comte t'a parlé, c'est bien ; lui as-tu promis ?

— Mais...

— Oui ou non ? fit durement Michot.

— Non, répondit Danglade impatienté.

— Eh bien ! je lui répondrai, moi !

— Que veux-tu dire ?

— Je m'entends.

— Mais je n'autorise nullement...

— Allons donc, tu as l'air de faire le dégoûté. — Fichtre, une idée qui nous arrange tous les deux en même temps... C'est convenu. — Tu seras le beau-père du comte et mes actions seront placées.

Danglade se débattait ; mais Michot avait toujours une menace en réserve, et il finit par céder encore.

Le soir venu, Michot se promena dans le bal avec une importance double, c'est-à-dire en comblant la mesure de l'impertinence. Du plus loin qu'il aperçut Aymard, il courut à lui, et l'entraîna à l'écart.

— Monsieur, lui dit-il, sans autre préambule, vous n'avez pas de mes actions, c'est drôle.

Aymard le toisa avec dédain, et répondit du bout des lèvres :

— Je m'appelle le comte de Nogent, monsieur, et n'ai pas l'honneur d'être industriel.

— Pardieu ! répartit Michot avec un juron tout autre, vous n'êtes pas ici le seul comte, monsieur de Nogent. Tenez ! tenez ! Et il lui montrait des têtes blanches dans la foule.

— Voici dix comtes, quatre marquis et un duc ! Et tous ont de mes actions, monsieur.

— Vous avez raison, monsieur, dit froidement Aymard en voulant s'éloigner.

Mais Michot était bien plus tenace que ne le croyait le jeune gentilhomme.

— Pardieu ! je le vois bien, poursuivit Michot ; j'ai toujours raison. Et puis, tenez ! il ne faut pas trop mépriser l'industrie quand on épouse la fille d'un industriel.

L'argument était sans réplique. M. de Nogent, qui avait pour principe de réfléchir le moins possible, ne s'y attendait pas, et fut un instant étonné. Michot en profita pour reprendre aussitôt ;

— Nous parlons sérieusement, ici, monsieur le comte. On traite les affaires au bal comme ailleurs. M. de l'Etiolle m'a chargé de ses intérêts dans cette circonstance, et, si vous le voulez bien, nous allons discuter, je vous prie.

— Sur quoi ? demanda Aymard avec un reste de hauteur.

— Sur les conditions de votre mariage, répondit emphatiquement Michot.

Le comte se rapprocha.

Michot se prit à sourire en voyant ce mouvement.

— Vous êtes riche, monsieur le comte, dit-il avec un ton d'assurance qui ne lui messeyait pas absolument.

— J'ai trente mille livres de rente, interrompit Aymard.

— Cela fait un million réalisable.

— Je ne compte pas réaliser.

— Peut-être. M. de l'Etiolle veut un gendre dans l'industrie ; c'est une condition *sine quâ non*.

Aymard réfléchit quelques instants. Sans aucune expérience des affaires, il n'avait pas l'ombre d'un doute sur la fortune de M. de l'Etiolle. Seulement sa fierté se révoltait à l'idée de se faire industriel.

— Monsieur, dit-il, je parlerai à M. de l'Etiolle lui-même.

— C'est inutile ; d'ailleurs, je vois que vous me comprenez mal. Votre nom resterait complètement en dehors ; seulement...

— Seulement ? fit Aymard.

— Seulement, répondit Michot avec sang-froid, vous prendriez pour un million d'actions.

— Un million ! dit encore le gentilhomme.

— Monsieur le comte répugne donc bien à gagner de l'argent ! insinua Michot avec aplomb.

Aymard aimait aussi sincèrement et fortement qu'il pouvait le faire. Dans son ignorance louable, mais dangereuse, il se demanda quelle différence pouvait exister pour lui entre recevoir des fermages ou des intérêts et des dividendes. — Il promit. — Mais comme, fût-on triplement étourdi, on ne peut bouleverser ainsi sa fortune sans y penser quelque peu, Aymard, au lieu de rester dans le bal, descendit au jardin sombre et solitaire, et s'enfonça sous un massif, tandis que Michot, triomphant, rendu fou par le succès inespéré, s'en fut dans une salle de jeu, où, pendant six heures de la nuit, il perdit billets sur billets, sans que le sourire quittât un instant ses lèvres.

Aymard était singulièrement agité. Ce que Michot lui avait dit lui ouvrait un nouvel avenir ; il n'avait jamais encore songé à se marier ; mais il aimait Berthe, et cette idée lui fût certainement venue tôt ou tard.

Le jeune comte errait indécis et rêveur à travers les allées pleines d'ombre du jardin lorsqu'il se sentit heurté par un homme qui marchait tête baissée et qui continua sa route, sans paraître s'apercevoir de la rencontre.

Le comte poussa un cri. — Il avait cru reconnaître cet homme, et il s'élança à sa poursuite.

— Lucien, dit-il, Lucien chez M. de l'Etiolle !

Lucien s'était retourné au cri poussé par Aymard, mais, après avoir jeté un regard distrait sur le comte, il avait disparu dans une allée transversale.

Il n'en fallut pas davantage à M. de Nogent pour oublier parfaitement sa conversation avec Michot, son million réalisable !...

— Lucien ! Lucien ! criait-il joyeusement en s'élançant à sa poursuite.

M. de Nogent était une de ces bonnes et chevaleresques natures comme on en rencontre encore quelques-unes par ci par là dans notre pauvre monde égoïste. Il avait été très contrarié d'avoir perdu Lucien de vue, et s'il n'en avait pas été détourné par les préoccupations de son amour pour Berthe, il eût cherché à retrouver le jeune statuaire.

Une conversation avec M. de Nogent ne souriait guère à Lucien, mais comme il vit qu'il ne pouvait plus l'éviter, il s'arrêta.

— Eh ! très cher, attendez-moi donc, lui dit le comte dès qu'il l'eut atteint. D'abord je suis enchanté de vous revoir... Vous me devez une réparation, vous savez !... Vous m'avez fort mal reçu dans votre atelier...

— M. de Nogent, interrompit Lucien en s'inclinant gravement, je vous prie d'accepter mes excuses...

— Ma foi, Bressant, je ne vous en demande pas tant, dit Aymard en serrant cordialement la main de l'artiste. Je vous crois un peu fou, sans compliment.

— Vous avez raison.

— N'est-ce pas ? Et puis cette statuette était jolie.

— Ne parlons plus de cela, voulez-vous ? dit Lucien vivement.

— Ma foi, je veux bien ! s'écria Aymard, dont toute la bonne humeur était revenue.

Mais comme si ces quelques mots l'eussent mis sur la voie

d'une idée depuis longtemps oubliée, il s'arrêta. Cette ressemblance tant cherchée qui l'avait frappé à la première vue de Berthe, cette ressemblance qui avait commencé son amour pour Berthe, il venait de la trouver. — Berthe, c'était la statuette voilée...

Il devint grave et sérieux.

— Diable! se dit-il en se parlant à lui même, voilà qui est étonnant.

Et il se demanda avec anxiété, avec trouble, comment il avait pu se faire que Lucien eût rencontré une ressemblance si parfaite. — Lucien connaissait-il donc Berthe? N'y avait-il pas là un mystère bon à approfondir?

Nogent respectait trop, et l'amour qu'il ressentait pour Berthe, et l'amitié qu'il éprouvait pour Lucien, pour se décider à accuser ni l'une ni l'autre.

Et cependant, maintenant qu'il se la rappelait comme au premier jour, cette ressemblance était inouïe — et Lucien venait chez M. de l'Etiolle!

— Lucien, dit-il à l'artiste, d'une voix qui ne tremblait pas, y a-t-il longtemps que vous connaissez M. de l'Etiolle?

La question, naturelle dans le cours d'idées d'Aymard, devenait naïve ou impertinente par circonstance. Mais Lucien n'y prit pas garde et répondit affirmativement d'un air distrait.

— Ma foi! je m'en doutais! reprit Aymard. Et sa fille?

— Berthe? dit Lucien en tressaillant, puis, se reprenant aussitôt, mademoiselle de l'Etiolle, ajouta-t-il; pourquoi cette question, s'il vous plaît?

Il remarquait enfin l'étrange inopportunité de ces questions. Mais M. de Nogent, tout entier à son idée fixe, était à cent lieues de sentir sa faute.

— Très cher, dit-il, c'est qu'elle lui ressemblait...

— Assez! gronda Lucien.

— Bon! allez-vous recommencer, dit le comte en reculant involontairement.

Lucien tourna le dos.

— Mon cher, dit Aymard, franchement c'est un service que je vous demande. Ce n'est pas un enfantillage, voyez-vous : je vais l'épouser...

— Qui... qui? demanda Lucien avec violence.

— Eh! mademoiselle de l'Etiolle.

Lucien baissa la tête sans répondre un seul mot. Aymard continua :

— Et vous comprenez; la statuette était fort jolie, mais il m'importe que nul ne sache...

— Ce n'était pas elle! dit Lucien avec calme.

Et dégageant sa main de l'étreinte du jeune comte, il s'éloigna rapidement, sans que ce dernier cherchât, cette fois, à le retenir davantage.

IX

COMPLICATIONS.

Chez Lucien, la première impulsion était toujours droite et digne; mais la passion se faisait bientôt jour et faussait son jugement. Sortir, oublier et se taire, telle était sa résolution en quittant Aymard. — Une heure après, égaré dans les allées du parc, il se demandait si Berthe pouvait être coupable, et il se répondait que M. Danglade avait dû forcer la volonté de sa fille, que M. de Nogent était riche, et que la pauvre enfant était sacrifiée!...

Comme on le voit, Lucien s'accrochait avec une rage désespérée à toutes les branches folles qui pouvaient lui offrir quelque chance de salut. La veille encore, il haïssait presque Berthe, et maintenant, il se reprenait à cet amour insensé avec une ardeur nouvelle.

Il allait et venait à travers les allées du parc, écoutant les doux murmures du bal et l'harmonie enivrante de la musique. — Vingt fois il était revenu, haletant, épuisé, hors de lui, s'accouder sous les fenêtres des salons illuminés.

Il ne voulait pas partir sans avoir vu Berthe ; il espérait toujours la découvrir au milieu de la foule, entendre le son de sa voix...

Il resta!

Berthe allait se marier!... le comte de Nogent venait de le lui apprendre; il n'y avait plus à en douter, et pourtant, il voulait voir!...

Il voulait voir si l'attente d'un semblable événement avait changé l'attitude de la jeune fille; pour lui il était évident qu'elle était contrainte à ce mariage; il ne pouvait s'éloigner avant d'avoir lu sur le visage de Berthe la trace de ses récentes douleurs.

Il resta !

Un homme sensé aurait fui un pareil spectacle.

Mais Lucien se raidissait contre l'adversité avec une énergie

sauvage ; il voulait retourner de sa propre main le poignard qu'on lui avait plongé dans le cœur.

Il resta !...

Cependant, la chaleur était devenue étouffante dans la salle de bal. La foule, qui s'était portée dans le jardin, inondait le parterre et les charmilles.

Berthe, profitant de ce moment de liberté, s'entoura d'une douzaine d'élus, et fut établir un petit cercle dans un salon de verdure, caché sur les limites du jardin et du parc. Là étaient mademoiselle de Nogent, quelques jeunes filles, quelques jeunes gens privilégiés. Parmi ceux-ci, M. Anténor Blum, poupée millionnaire, frisée, corsetée, fardée, et qui partageait avec le comte de Nogent les bonnes grâces de mademoiselle de l'Etiolle.

L'entourage ordinaire de celle-ci avait subi déjà une transformation presque complète. Sauf quelques vieux nobles, dupes obstinées, et M. et mademoiselle de Nogent, toutes les belles connaissances avaient disparu, l'une après l'autre. On voyait bien toujours, aux fêtes de l'industriel, une longue file d'équipages armoriés stationner à la porte; mais leurs nobles propriétaires faisaient dans les salons une froide et courte apparition, seulement pour ne pas rompre tout à fait avec un homme dont ils se défiaient maintenant, mais qui avait entre ses mains une partie de leur fortune. Ainsi, dans le cercle, choisi pourtant, qui entourait la jeune fille, on ne comptait que des héritières de banquiers en renom; les jeunes gens étaient des boursiers ou des quarts d'agents de change, M. Anténor Blum tenait un bureau d'annonces dans tous les journaux, et n'était pas très éloigné de se croire littérateur.

Berthe elle-même s'était transformée avec la merveilleuse facilité que nous lui connaissons. Sans rien dépouiller de sa grâce, elle avait saisi la nuance qui sépare le véritable bon ton, du bon ton ayant cours dans une société moins relevée. Berthe, femme toute extérieure, mais parfaite en cela, pouvait monter ou descendre sans cesser de paraître à sa place. Le jour où elle se fût éveillée reine, elle eût deviné instantanément son rôle ; le lendemain, assise au dernier degré de l'échelle sociale, elle eût offert un type ravissant de grisette.

La conversation futile, sautillante et en même temps dépouillée du charme indicible des causeries intimes d'un certain monde, avait déjà effleuré nombre de sujets. M. Anténor Blum avait fait, autrefois, une charade pour le Corsaire, qui n'en avait pas voulu; il fit tomber la conversation sur la poésie.

— C'est beau! dit-il, c'est sublimement beau, mais c'est difficile.

— Et ennuyeux! ajouta, entre haut et bas, une fille d'industriel.

— Ennuyeux? reprit le courtier d'annonces, non pas, mademoiselle. Je n'ai pas dit cela. J'ai fait des vers dans ma vie, beaucoup de vers...

— Vous seriez bien aimable de nous en réciter quelques-uns, dit Berthe.

Le cercle se ressera dans l'attente d'une ample matière à raillerie. Anténor passa un doigt dans l'entournure de son gilet et fit pirouetter son lorgnon.

— Non, non ; en vérité, non, mademoiselle. Je n'ai jamais pu me résoudre à dévoiler ainsi ce que je regarde comme...

— Allons, Blum, mon cher, dirent les autres jeunes gens, tandis qu'il cherchait un mot à effet pour terminer sa phrase, puisque ces dames t'en prient...

— Je suis confus et désolé, dit Blum, très confus et singulièrement désolé. Cependant... je ne puis...

— Allons! dit mademoiselle de Nogent, ne soyons pas importunes.

— N'en parlons plus, appuya tout le cercle.

Mais ce n'était pas le compte de M. Blum, qui continua sans prendre garde à cette interruption.

— Mes œuvres consistent essentiellement en sonnets, dit-il ; c'est un genre que je suppose avoir réhabilité.

— Peste! murmura un jeune homme, je croyais que d'autres avaient déjà pris ce soin.

Blum laissa tomber sur lui un regard de pitié, et fit tourner son lorgnon en sens contraire.

— Si l'on veut, dit-il ; moi je ne connais pas de joli sonnet.

— J'en sais un qui vous plairait, dit étourdiment mademoiselle de Nogent.

Blum s'inclina avec une incrédulité respectueuse.

— Voyons! s'écrièrent les jeunes filles.

Mademoiselle de Nogent interrogea Berthe du regard. Celle-ci fit un geste d'indifférence. Alors mademoiselle de Nogent sortit de ses tablettes elle-même un petit carré de papier très fin, semblable à celui qui, roulé de la main de Lucien, avait effleuré un jour les beaux cheveux de Berthe, lorsqu'elle était solitaire, appuyée à sa fenêtre. Puis la sœur d'Aymard, d'une voix singulièrement émue et tremblante, lut un des derniers sonnets du jeune sculpteur au temps de ses heureuses amours.

— C'est joli ! dirent les jeunes filles quand elle eut fini.

— Et ennuyeux ! ajouta encore la fille d'un industriel.

— Cette fois vous avez, selon moi, parfaitement raison, dit Anténor avec dédain : c'est fade ; c'est *révoltement* fade... Vous permettez ? ajouta-t-il en tendant la main vers mademoiselle de Nogent, qui lui passa le sonnet avec répugnance.

Et Anténor le relut avec une emphase perfide et ridicule. Tout le cercle, Berthe la première, éclata de rire. Mademoiselle de Nogent avait une larme dans les yeux.

— Pauvre Lucien ! murmura-t-elle.

Il y a là-dedans beaucoup de *lignes*, de *formes*, de contour, dit Anténor triomphant ; l'auteur est au moins un modeleur en cire.

Berthe rit avec moins d'effronterie, elle commençait à souffrir ; mademoiselle de Nogent lui avait serré la main, et ce muet reproche avait porté.

Elle reprit le sonnet et le garda un instant ; son cœur se soulevait. Pour la première fois de sa vie, elle éprouvait une émotion poignante. Lucien qui l'avait tant aimée ! Lucien dont elle ne comprenait pas toute la valeur, mais qu'elle sentait instinctivement si au-dessus de ces pauvres gens, elle venait de le jeter en pâture à leurs railleries !

Pour cacher son trouble, elle se leva et passa la tête par une fenêtre taillée dans le feuillage.

Or, Lucien était là, pâle et les traits renversés. — Il avait tout entendu.

Il ne dit pas une parole, elle ne poussa pas un cri ; seulement, sur un ordre muet, elle lui tendit le sonnet qu'il saisit et déchira en pièces.

Puis Berthe se laissa tomber en arrière au milieu du cercle stupéfait...

Elle venait de s'évanouir !...

Une heure après cette scène, Lucien était encore à la même place. Le cœur brisé, la poitrine oppressée, il pleurait...

Tout son bonheur était détruit... Berthe ne l'aimait pas ; elle ne l'avait jamais aimé... L'illusion n'était plus possible... Il fallait y renoncer.

Et cependant...

Cet amour avec lequel il avait vécu jusqu'alors avait jeté des racines si profondes, Lucien avait tant besoin aussi de se sentir aimé de quelqu'un qu'il eût volontiers donné vingt années de gloire pour croire encore à l'amour si longtemps rêvé de Berthe.

Pauvre Lucien ! il ne pouvait se décider à partir.

Peu à peu les bruits se taisaient alentour ; les salons se vidaient insensiblement ; encore quelques instants et il allait se trouver seul au milieu de la vaste solitude du parc.

Le silence qui l'entourait le rappela à la réalité.

Il se leva.

Un grand nombre de verres de couleurs brillaient çà et là, jetant leurs derniers reflets à travers les allées plus sombres ; ces faibles lueurs lui suffisaient pour retrouver son chemin.

D'ailleurs toute hésitation avait maintenant disparu de son esprit ; il voulait partir, il lui semblait que le courage lui était revenu ; il croyait avoir la force de rompre avec un passé désormais impossible.

Il fit quelques pas dans la direction de la grille.

Malheureusement, au moment où il allait quitter le sentier qui aboutissait à l'allée principale, et comme il passait près d'un massif de verdure, il s'arrêta tout à coup et parut écouter avec une profonde attention.

Il retint son haleine et prêta l'oreille. Il y avait dans ce massif M. Michot et mademoiselle Lise.

Lise, jolie comme un démon sous ses vêtements de soubrette ; M. Michot, allumé par le jeu, ivre d'espoir, remuant par anticipation, dans son esprit, les flots de billets de banque que M. de Nogent devait sous quelques jours verser dans sa caisse...

M. Michot avait désiré causer quelques instants avec Lise, loin du bruit, à l'abri des curieux, sous l'ombre et le mystère des bocages épais. — Il prétendait avoir *bien des choses à lui dire.*

Lise s'était rendue de bonne grâce à cette invitation.

— Lise, avait dit Michot que la jeune fille s'était trouvée à quelques pas de lui, je craignais que tu ne vinsses pas.

— Pourquoi donc ? fit Lise, en relevant vivement la tête.

— Tu ne savais pas pourquoi je te priais de venir.

— Eh bien ?...

— Et il pouvait y avoir du danger...

Lise jeta un éclat de rire ironique.

— Chut !... dit Michot en posant mystérieusement un doigt sur ses lèvres.

— Vous voyez bien que c'est vous qui avez peur, objecta la soubrette avec enjouement.

— Je ne veux pas qu'on nous voie...

— La nuit est assez noire.

— Ni qu'on nous entende...

— Tout le monde est couché.

— C'est ce qu'il faut.

Lise haussa les épaules et fit un mouvement des lèvres qui voulait dire : A quoi bon ?...

— Ecoute, Lise, reprit Michot bientôt après, tu es une fille charmante.

— Tiens ! tiens ! vous vous êtes aperçu de cela aussi ?

— Tu as, dit-on, autant d'esprit que de beauté ?

— Ce serait beaucoup.

— Et je veux savoir si ce que l'on dit est vrai.

— Essayez.

Michot parut réfléchir un moment, puis il prit la main de Lise dans les siennes.

— Voyons, lui dit-il alors, tu as vingt ans ?

— On ne sait pas, répondit la soubrette.

— Après tout, cela m'est égal.

— Et à moi, donc.

— La seule chose qui m'intéresse, c'est que tu es jeune, que tu es jolie, et que si tu n'es pas la plus sotte des femmes, tu me rendras le plus heureux des hommes...

Lise dégagea vivement sa main de l'étreinte de Michot et recula de quelques pas.

Elle ne s'attendait pas à cette proposition.

— Voyez-vous cela, dit-elle avec surprise, qui se serait jamais douté que vous eussiez des intentions de cette nature ?

— Mes intentions sont honnêtes.

— J'en doute...

— Je veux t'épouser.

— Dans un vrai arrondissement ?...

— Pardevant M. le maire.

— Eh bien ! dit Lise, vous me croirez si vous voulez, mais ceci ne m'étonne pas de votre part.

— Est-ce une ironie ? repartit Michot, qui ne savait pas au juste comment il devait prendre cette confidence.

— C'est tout ce que vous voudrez.

— Repousserais-tu ma proposition ?

— Peut-être.

— Tu as donc quelque inclination dans le cœur ?

— Je n'en sais rien... Mon cœur fait ce qu'il veut. Cela ne me regarde pas.

— Alors... quelle objection ?

— Il y en a plusieurs.

— Voyons la première.

Lise réfléchit quelques instants, puis elle releva son œil intelligent et vif :

— Se marier, reprit-elle aussitôt, est chose assez grave pour qu'on y songe sérieusement... Moi, je ne voudrais pas épouser un homme jeune.

— Tu as bien raison, objecta Michot.

— Je l'aimerais trop, d'abord...

— Ah !

— Et il serait peut-être jaloux.

— Diable !

— Avec vous, au moins, je suis certaine d'avance que je n'aurais rien à craindre de ce côté.

— Qu'en sais-tu ?

— En tout cas, cela ne me regarderait pas...

Michot ne put s'empêcher de sourire à cette répartie ; il reprit la main de Lise.

— Allons, dit-il avec bonhomie, tu veux m'effrayer en vain ; je t'aime, je suis décidé à t'épouser, et aucune objection ne pourrait m'arrêter.

— Une dernière question, interrompit Lise ; quelle est votre position chez M. de l'Etoile ?

— Elle est celle d'un associé.

— Je trouve monsieur bien soucieux depuis quelque temps ?

— C'est un imbécile.

— Et vous ?

— Moi, Lise, moi, je suis un homme de génie, et avant huit jours ma fortune sera faite.

— Comment cela ?

— Ecoute... Tu connais M. de Nogent, n'est-ce pas ?

— Certes.

— Tu sais qu'il est amoureux de mademoiselle de l'Etoile.

— Il en perd la tête.

— Il en perdra plus que cela, ma fille, car, avant huit jours, sa fortune tout entière passera entre mes mains.

— Que dites-vous ?

— Un million !...

— Mais c'est un vol !... se récria la jolie camériste avec une indignation qui n'était pas jouée.

— Bah! repartit Michot, avec un million, on vit aussi bien en Belgique qu'en France, et nous passerons notre lune de miel dans les douceurs d'un charmant voyage à l'étranger.

En parlant ainsi, Michot se renversa en riant et chercha à attirer Lise plus près de lui ; mais cette dernière avait déjà disparu dans les charmilles, et, au lieu de la charmante fille, Michot ne trouva sous sa main qu'un homme qu'il ne connaissait pas et dont le regard menaçant semblait lancer des éclairs,

Cet homme, c'était Lucien.

X

E. N.

Michot eut un moment de terreur.

Quel était cet homme? Que lui voulait-il? Comment et pour quel motif s'était-il introduit à cette heure dans la demeure de M. de l'Etiolle?

Il crut d'abord que ce pouvait être un voleur, et cette pensée le rassura.

Mais, en examinant de plus près le jeune homme, en détaillant le costume dont il était revêtu, Michot vit bien qu'il avait affaire à un homme au moins d'apparence honnête, et toutes ses appréhensions lui revinrent en foule.

Michot était poltron, mais audacieux ; et, quoiqu'il eût peur, il trouva cependant la force de soutenir le regard de son inconnu.

— Qui êtes-vous, monsieur, demanda-t-il avec un accent d'autorité?

— Je m'appelle Lucien, répondit le sculpteur.

— Et que venez-vous faire ici, à cette heure?...

— M. de l'Etiolle a eu la bonté de m'inviter à sa soirée ; je me suis attardé dans le parc ; je demeure, d'ailleurs, dans les environs, et je retourne chez moi.

Pendant qu'il parlait ainsi, Lucien examinait, de son côté, Michot avec la plus profonde attention. Il ne l'avait jamais vu ; il savait seulement qu'il était associé de M. de l'Etiolle ; il connaissait une partie de ses projets, et il voulait chercher encore sur les traits de cet homme une raison de douter de ce qu'il avait entendu.

Cependant Michot soutenait cet examen avec peine ; il avait le pressentiment d'un danger.

— Pardon, alors, de toutes ces questions, reprit-il après quelques secondes d'hésitation, mais votre brusque apparition m'avait fait croire... Je suis heureux de m'être trompé ; et, si vous le désirez, je vous remettrai dans votre chemin.

— Volontiers, fit Lucien.

— Vous demeurez près d'ici?

— A deux pas.

— Vous ne venez pas, cependant, d'habitude chez M. de l'Etiolle.

— C'est la première nuit que j'y passe.

— Aussi, l'avez-vous prolongée le plus possible.

— Comme vous dites.

Michot se prit à rire ; le ton brusque de Lucien lui plaisait.

Ils marchaient, maintenant, l'un à côté de l'autre, dans l'allée principale qui mène à la grille du parc, et ils causaient comme de vieux amis.

— Y a-t-il longtemps que vous connaissez M. de l'Etiolle? demanda Michot en arrivant près de la grille.

— Deux années au plus, répondit Lucien

— Deux années !...

Michot devint pensif.

— Cependant, poursuivit-il à voix lente, il n'y a pas deux ans que M. de l'Etiolle habite Paris.

— Pardonnez-moi, objecta Julien.

— Je veux dire la Chaussée-d'Antin.

— Aussi, n'est-ce point là que je l'ai connu.

— Et où donc ?

— Dans la rue de l'Ouest.

Michot eut un frisson, et se retourna vivement vers son interlocuteur.

Lucien continua.

— M. de l'Etiolle s'appelait à cette époque M. Danglade.

— Voyez-vous cela !

— Il n'était pas riche.

— Ceci est étrange !

— Et je me rappelle l'avoir vu souvent alors s'asseoir avec mademoiselle Berthe à la table de nos modestes restaurants d'artistes.

Michel s'était arrêté ; il frappa familièrement sur l'épaule de Lucien :

— Savez-vous mon jeune ami, dit-il, d'un air qui voulait être ironique, que vous savez bien des choses.

— N'est-ce pas !

— C'est dangereux, cela.

— Bah ! j'en sais bien d'autres.

— Sur M. de l'Etiolle?

— Sur son associé !

Michot fit un pas en arrière, tandis que Lucien souriait en haussant les épaules.

— Sur son associé, mais c'est moi, fit Michot en se plaçant sur la défensive.

— Précisément.

— Et vous me connaissez?

— Depuis un quart d'heure.

— Et vous savez?...

— Je sais que vous voulez dépouiller M. de Nogent, et passer en Belgique après l'avoir volé.

— Diable ! voilà des gros mots.

— Il ont le mérite de bien exprimer ma pensée, repartit Lucien.

— Et que comptez-vous faire en cette circonstance?

— Oh ! presque rien...

— Mais encore?

— Prévenir tout simplement M. de Nogent.

— Il ne vous croira pas.

— C'est mon ami.

— Vous jouez un jeu terrible, M. Lucien.

— Qu'importe, si je gagne?

— Oui, mais si vous perdez?

— J'aurai du moins rempli mon devoir d'honnête homme et d'ami dévoué.

— Cela coûte cher, quelquefois.

— Vous croyez?

— Supposez, en effet, que vous ayez affaire à un homme bien résolu, qui ne s'effraie pas facilement.

— Eh bien?

— Eh bien, la nuit porte conseil, M. Lucien ; on ne songe pas toujours à tout, et, peut-être arriveriez-vous à penser, demain matin, qu'il est plus prudent de ne pas trop _occuper des affaires des autres.

— Vous voulez m'intimider.

— A Dieu ne plaise !

— Comme vous voudrez, Monsieur, mais ce que je vous ai dit est parfaitement arrêté ; vous êtes un fripon émérite qui voulez abuser de la confiance et de l'amour de mon meilleur ami, et je vous déclare que demain matin M. de Nogent sera instruit de vos projets.

— Est-ce votre dernier mot? fit Michot.

— Vous le verrez, répondit Lucien en s'éloignant sans daigner même saluer son interlocuteur.

Michot le regarda partir en secouant la tête, puis fermant la grille du parc, il se hâta de rentrer.

— Ma foi, se dit-il en montant à son appartement, ce sera tant pis pour lui... mais il ne faut pas qu'il parle demain matin à M. de Nogent.

Michot était homme à tenir parole; aussi dès les premières lueurs du jour, Lucien fut trouvé assassiné à quelques pas de sa porte.

Il n'était pas mort cependant : le poignard dont on l'avait frappé avait heureusement glissé sur une des côtes, et l'assassin s'était enfui sans se donner le temps d'achever sa victime.

Le jeune sculpteur n'en valait guère mieux.

Il avait passé une partie de la nuit sur la terre humide et froide; quand on le releva, il était sans connaissance ; son sang s'échappait avec abondance de sa blessure, et pendant les premiers jours, les médecins désespérèrent de le sauver.

Cet assassinat fit grand bruit dans la commune d'Auteuil; le parquet s'émut, on rechercha avec un grand zèle l'auteur mystérieux du crime ; mais Lucien n'avait pu encore parler, et en l'absence de renseignements positifs, on se vit obligé de suspendre provisoirement toute poursuite.

Un mois se passa de la sorte, un mois pendant lequel aucun indice ne vint mettre la justice sur la trace du coupable. Lucien avait été interrogé, mais les réponses qu'il fit à cette occasion étaient si peu précises, il mit tant d'hésitation, tant de répugnance même à donner les explications qui lui étaient demandées, que l'affaire en resta là.

Lucien parut satisfait de ce résultat.

L'appartement qu'il occupait se composait de deux pièces, dont l'une lui servait d'atelier et l'autre de chambre à coucher.

Une vieille femme du nom de Marthe lui tenait lieu de domestique, et c'était elle qui, depuis le crime, l'avait veillé toutes les nuits, sans jamais quitter son chevet.

Depuis quelques jours Lucien souffrait beaucoup moins, il com-

2

mençaità se lever ; encore une semaine à peine et il devait être complétement rétabli.

Un soir, il se trouvait assis près de la fenêtre ouverte, et son regard semblait s'oublier dans la contemplation d'un ciel splendide qui allumait ses mille étoiles au-dessus de son front.

Il était seul... une amertume sans nom, une mélancolie sans but emplissaient son cœur, et par instant, sans qu'il eût pu dire pourquoi, ses yeux se mouillaient de larmes douces et tristes à la fois.

Quelqu'un manquait là. Sa souffrance n'avait pas éveillé le seul écho qui l'eût consolé.

Il se leva et appela Marthe qui accourut toute effarée.

— Qu'avez-vous donc, M. Lucien? fit la vieille femme qui croyait déjà à un accident.

— Rien, Marthe, répondit Lucien, c'est une fantaisie.

— A la bonne heure.

— Une idée de malade.

— Parlez.

— Assieds-toi là, près de moi... et réponds sans détour, avec franchise, à toutes mes questions.

— Jésus Dieu! quelle solennité! fit Marthe tout en s'asseyant.

Lucien lui prit alors les mains, et se plaça à ses côtés.

— Ecoute, lui dit-il, avec une émotion indicible, tu m'es dévoué, n'est-ce pas, ma bonne Marthe?

— En doutez-vous ?

— Je n'en doute pas, et cependant il me semble que tu me trompes.

— Moi!

— Soit que les médecins t'aient défendu de n'en rien dire, soit que d'autres personnes même aient cru devoir t'imposer silence à ce sujet, tu ne m'as pas toujours dit la vérité.

— Et pourquoi cela?

— Je ne sais.

— Croyez-vous que vos jours soient encore en danger?

— Ce n'est pas de cela que je veux parler.

— Et de quoi donc ?

Lucien se tut un moment comme s'il eût hésité à continuer, puis il reprit presque aussitôt :

— Voilà un mois que je suis retenu ici, dit-il à Marthe, et il n'est pas possible qu'il ne soit venu personne pour me voir.

— Je vous ai fait connaître les noms de tous vos amis, objecta Marthe.

— Mais je ne connais pas que des hommes.

Marthe parut réfléchir à son tour.

— Une femme! dit-elle avec un fin sourire.

— Berthe... ajouta Lucien avec un cri.

— Elle ne m'a pas dit son nom.

— Mais elle est venue.

— Oui.

— Souvent.

— Tous les jours.

Lucien baisa avec transport les mains de la vieille:

— Oh! je le savais bien, s'écria-t-il, je le savais bien qu'elle ne pouvait m'avoir oublié à ce point... Pauvre Berthe... Oh! elle a souffert, elle aussi; elle m'aime !... il n'a fallu rien moins que cette catastrophe pour la rappeler au passé, à l'amour... Ah! merci, Marthe, merci.

Lucien ne se possédait plus, il était fou de bonheur, il avait déjà pardonné à Berthe, il était si disposé à la confiance, il avait été si malheureux de tous les doutes mauvais dont il avait été assailli: cette assurance qu'on venait de lui donner le payait au centuple de toutes les souffrances passées.

— Et tu me l'avais caché!... dit-il à Marthe d'un ton de reproche.

— Dame! répartit la vieille femme, on m'avait tant recommandé de n'en rien dire.

— Elle craignait quelque indiscrétion.

— C'est probable, M. Lucien, car elle ne venait ici qu'en voiture de place, les stores baissés, et quoique je l'ai vue régulièrement tous les jours, il me serait bien difficile encore de dire si elle est jeune ou vieille.

— Comment cela.

— Elle n'a jamais levé son voile.

— Mais elle te parlait?

— Beaucoup.

— Et il y a quelques jours déjà qu'elle ne vient plus ?

— Une semaine à peu près... et même ce jour-là la pauvre chère enfant a voulu me faire présent d'une bourse dans laquelle il n'y avait pas moins de dix louis d'or...

— Et tu l'as acceptée.

— Il l'a bien fallu.

— Et tu l'as encore peut-être?

— La voici...

Lucien s'empara avec avidité de la bourse que lui tendait Marthe; mais à peine y eut-il jeté les yeux qu'il poussa un cri et se laissa tomber sans forces sur son fauteuil.

Cette bourse était marquée aux chiffres E. N|

Ce n'était pas Berthe qui était venue!...

XI

LA BANQUEROUTE.

C'est un étrange et triste spectacle que celui de la chute d'une maison de commerce, surtout quand elle fut forte, et son crédit étendu.

Six mois après les événements que nous venons de rapporter, de grands changements étaient survenus dans la maison de l'Etiolle et compagnie, et maintenant elle se trouvait réduite aux expédients les plus ruineux pour faire face aux difficultés sans cesse renaissantes d'une position extrême.

Il y avait cinq mois que Michot avait disparu emportant avec lui un million deux cent mille francs, dont un million à M. de Nogent. La banqueroute serait certainement arrivée sans ce malheur : aucune des entreprises de M. de l'Etiolle n'était sérieuse et ne pouvait le soutenir; — mais ce déficit énorme brusqua le dénoûment. Cependant l'industriel ne fut pas vaincu sans combattre. Il n'était plus en position de fuir, et devait retarder sa chute avec toute l'obstination du désespoir. D'abord, il escompta son propre papier jusqu'à bout de crédit, puis passant à ce déplorable moyen, effort suprême d'une confiance épuisée, il se fit souscrire une masse énorme de billets de complaisance par ses commis, par ses garçons de bureau, par ses laquais. Et ce papier, sans valeur aucune, émis au moyen de ces messieurs utiles qui font la banque à cinquante pour cent, et que la loi n'atteint guère, pourtant, par cela seul qu'ils ont l'infernale adresse de ne pas inscrire en grosses lettres le mot USURIER sur leur porte ; — ce papier, disons-nous, rendit à la maison un éclat éphémère. En saisissant adroitement son temps, M. de l'Etiolle aurait pu imiter l'exemple de son associé Michot et *se retirer* ; mais qu'étaient cent ou deux cent mille francs pour cet homme qui avait eu des millions dans sa caisse? Il espéra qu'à l'aide d'un dernier effort il pourrait faire encore quelques dupes. Il monta une nouvelle compagnie; et, réellement, il y avait pour lui chance de succès; son expérience de ces sortes d'affaires était grande; mais il manqua de temps. L'époque fatale, c'est-à-dire la première échéance de ces billets, signées par des *hommes de paille*, arriva. Toutes les ressources étaient épuisées; il fut obligé de fuir, de fuir les mains vides.

Pendant les six dernières semaines, les protêts s'étaient succédé avec une rapidité effrayante. On en était venu à ne plus même prendre note du montant des effets et de l'adresse des huissiers. Plusieurs jugements avaient été obtenus contre M. de l'Etiolle, et des individus à mines néfastes faisaient sentinelle aux abords de l'hôtel.

Une saisie et nombre d'oppositions avaient été pratiquées. M. de l'Etiolle n'avait point paru depuis deux jours. Cependant tous les commis étaient à leur poste. Il n'en était pas un qui ne fût plus ou moins créancier du patron; pas un qui n'eût une action ou un coupon. Ils étaient rassemblés là, mais non pour travailler; au temps même où leur maison était prospère, Dieu sait quelle était la tâche de cette nuée d'employés! Il y avait bien eu des livres autrefois; chaque société même avait dû avoir son journal distinct; mais, sauf les écritures indispensables pour rendre aux premières assemblées d'actionnaires des apparences de comptes, tous ces beaux registres timbrés, paraphés par M. le président du tribunal de commerce, étaient aussi blancs qu'au sortir des magasins du papetier. Les opérations journalières n'étaient inscrites que sur une sale main courante, dont le principal commis de M. de l'Etiolle seul la clé.

Les commis, donc, étaient là pour leur propre compte. La vente devait avoir lieu le lendemain; ils tâchaient de gagner les records de vitesse. Tout leur était bon; les menus ustensiles du bureau, les fournitures, tout s'enfouissait dans les vastes poches des paletots des commis. Les garçons de bureau emportaient jusqu'aux sacoches, jusqu'aux tapis, dont ils se disputaient les lambeaux; ils étaient tristes, hargneux, irrités et échangeaient entre eux de longs regards chargés de haine et d'imprécation !... Ils croyaient M. de l'Etiolle caché à l'étage supérieur, et, d'instant en instant, ils s'arrêtaient d'un commun accord et faisaient trève à leur colère et à leur indignation pour vouer leur patron à tous les démons de la vengeance!...

Mais M. de l'Etiolle n'avait garde de se trouver à l'étage supérieur; il n'y avait là que Berthe.

Berthe, seule, morne, désespérée, couvait d'un œil avide et

sombre ces richesses qui allaient lui échapper pour jamais. La jeune fille avait ignoré longtemps le précipice que lui cachaient ses splendeurs empruntées ; mais, enfin, elle avait tout deviné : son père l'avait quittée en lui ordonnant de se tenir prête à partir le surlendemain, et ce surlendemain était venu. Elle attendait son père, tantôt impatiente d'en finir, comme ces gens qui brusquent les adieux pour ne pas prolonger l'angoisse du départ ; tantôt redoutant le moment fatal, espérant un retard avec ferveur, demandant à genoux un jour de luxe encore, un jour de ces jouissances, devenues besoins, pour lesquelles maintenant elle eût donné sa jeunesse et sa beauté !

Cependant M. de l'Étiolle ne vint pas !

Sachant le danger terrible qu'il aurait à courir, une fois entre les mains de la justice, il n'osait affronter ces lignes de gardes du commerce et d'agents échelonnés aux avenues de l'hôtel, et sa fille restait seule au milieu de valets hostiles et insolents, sans un ami, sans un protecteur pour la soutenir dans ce terrible moment qui se préparait pour elle. M. de Nogent s'était mis à la poursuite de Michot , et avait défendu à sa sœur de mettre les pieds chez l'industriel.

Berthe était assise sur cette même causeuse où nous l'avons vue déjà, lors de la première visite de Lucien. Ses cheveux dénoués tombaient sur son peignoir, négligemment jeté sur ses épaules ; sa femme de chambre n'avait pas jugé à propos de l'habiller, bien que le milieu du jour fût passé depuis longtemps. Sa jolie tête était appuyée sur sa main, et elle poursuivait sa rêverie poignante, versant de temps à autre une larme silencieuse et amère, lorsqu'il se fit un bruit comme si une troupe nombreuse envahissait l'appartement.

Saisie d'effroi, elle se précipita vers la porte et poussa le verrou. Des voix confuses et tumultueuses se firent entendre bientôt dans la salle voisine. Les employés, las d'attendre dans les bureaux, s'étaient échauffés mutuellement et venaient demander M. de l'Étiolle. Les domestiques avaient fait leur devoir d'abord ; mais bientôt, joignant leurs griefs, valets et commis se réunirent dans un concert de malédictions contre l'industriel.

Berthe, l'oreille collée à la serrure, écoutait plus morte que vive ; elle avait bien de tout temps suspecté la légitimité de la fortune de son père, mais ses craintes n'avaient jamais porté au-delà de la ruine. Et maintenant, là, tout près d'elle, on parlait de cour d'assises, de bagne, d'infamie !

— Pour çà, Monsieur ne l'aura pas volé ! disait une femme d'une voix aigre, tournure une pauvre jeune personne! car il m'a fait prendre un de ses chiffons.

— Moi aussi! que ça n'a pas de nom! appuyait le cordon bleu.

— Moi aussi ! moi aussi ! disait toute l'assistance en masse.

— Ruiner un père de famille ! reprenait un vieux commis aux écritures.

— Casser bras et jambes à un jeune homme qui commence ! grondait un expéditionnaire.

— Et nos gages ! criaient les domestiques.

— Et nos appointements ! criaient les commis.

— Et les billets qu'il nous a fait souscrire !

— Le scélérat !

— Le brigand !

Et tous, exaspérés par leurs propres criailleries, se ruèrent vers la porte de Berthe.

— Fermée ! s'écria le plus avancé.

— Il y est ! s'écrièrent les autres.

Un obstacle de cette nature ne pouvait les arrêter dans un pareil moment ; à l'aide de la barre de fer du foyer, la porte fut soulevée, et la foule furieuse fit irruption dans la chambre de Berthe.

Cependant leur fureur ne devait leur aller plus loin, et quelle que fût leur impatience et leur colère, tous s'arrêtèrent à la vue de la pauvre fille à genoux devant le seuil, pâle, les yeux égarés, prête à succomber à son angoisse.

Plus d'un, peut-être, jeta un regard d'envie sur les magnifiques tentures, sur tous ces riens achetés au poids de l'or qui encombraient la cheminée et la console ; mais la majorité l'emporta. Quelques-unes même murmurèrent des paroles d'excuse et de commisération.

Toutefois le coup était porté : Berthe venait d'apprendre à la fois le danger de son père et la vente du lendemain. — Le lendemain elle n'aurait plus d'asile. — C'est alors qu'elle se prit à regretter sa vie pauvre mais tranquille d'autrefois. C'est alors surtout que le souvenir de Lucien traversa son esprit comme un reproche, comme une menace accomplie. Lui seul l'avait aimée en ce monde ; elle l'avait trompé, honni, insulté.

Le lendemain, dès le jour, Berthe fit ses préparatifs de départ. Elle sentait qu'elle serait morte parmi ces formalités de vente ; et cependant elle ne savait où porter ses pas.

La femme de chambre entra et lui dit que les huissiers étaient en bas. Berthe se leva par un premier mouvement, puis elle retomba et couvrit sa figure de ses mains.

Au même instant, elle se sentit baiser au front. Mademoiselle de Nogent était dans ses bras.

Émilie ignorait la détresse de son amie. Un billet d'une écriture inconnue lui était parvenu le matin même. On lui disait de se mettre en route sur l'heure, si elle aimait mademoiselle de l'Étiolle.

— Chère Berthe ! dit mademoiselle de Nogent, vous pensez que je suis accourue ; et maintenant dites-moi vite ce qui vous arrive.

Berthe l'attira vers une fenêtre, et lui montra d'un geste violent la cour de l'hôtel qui se remplissait d'une foule immense.

— Oui, commença Émilie, j'ai vu tout cela, que veut dire?...

— Vous êtes chez la fille d'un banqueroutier, mademoiselle, interrompit amèrement Berthe.

— Un banqueroutier !

— Ces gens attendent la vente. Ils m'attendent peut-être pour m'insulter, pour me frapper au passage. Et ils en ont le droit, car on les a dépouillés !

A ce moment, quelques femmes, parmi celles qui étaient dans la cour, aperçurent les deux jeunes filles à la fenêtre et montrèrent le poing avec menace.

— Vous le voyez, dit Berthe en fondant en larmes. Pourtant il faut partir !... et j'ignore où est mon père!... Oh ! je suis bien malheureuse !

Mademoiselle de Nogent baissa la tête en silence. M. de l'Étiolle avait ruiné son frère : Aymard ne lui pardonnerait pas d'avoir recueilli chez lui la fille de cet homme.

— Mais, dit-elle, au bout de quelques instants, on ne peut vous chasser.

— Me chasser ! je le sais-je !... Oh ! non, je ne puis rester, Émilie. Je souffre ici... j'ai peur...

— Venez donc, dit mademoiselle de Nogent, qui se détermina sur le champ à tout braver, venez.

— Oh ! merci ! merci ! s'écria Berthe en joignant les mains.

Et se couvrant à la hâte les épaules d'un manteau elle se dirigea vers la porte.

Dans l'escalier, elles rencontrèrent la cohorte d'exécution qui montait au premier étage. Berthe essuya une larme et pressa le pas.

Quand elles arrivèrent sur le perron, un grand cri se fit dans la foule.

— La voilà ! la voilà ! criait-on de toutes parts.

Berthe se sentait défaillir ; la voiture de mademoiselle de Nogent l'attendait au dehors. Pour parvenir jusque-là il lui faudrait traverser cette foule menaçante et furieuse.

Il y avait là force créanciers de M. de l'Étiolle, les fournisseurs, les marchands du quartier qui, alléchés par son opulence apparente, lui avaient toujours fait crédit sans compter. Tous criaient au vol, et les femmes, impitoyables dans ces circonstances, parlaient déjà de faire justice du père sur la fille. — C'était une véritable émeute.

Berthe, dans sa précipitation, s'était couverte d'un magnifique manteau de satin ; des plumes ondoyaient gracieusement sur son chapeau de velours. Cette élégante toilette, qui semblait un défi audacieux jeté à cette masse de gens dépouillés, redoublait leur fureur. Cinq ou six femmes se mirent à monter les marches du perron.

Mais au moment où peut-être un malheur allait arriver, où Berthe, seule et sans défense, allait se trouver en butte aux injures de toutes ces femmes que la colère aveuglait, un homme se précipita en avant, et vint se placer aux côtés de la fille de Danglade.

Berthe tressaillit en voyant un homme accourir et la protéger, elle se retourna et reconnut son défenseur.

— Lucien ! dit-elle en tombant dans ses bras.

Mademoiselle de Nogent n'avait jamais vu l'artiste, qu'elle aimait pourtant d'un de ces amours romanesques qui germent parfois, on ne sait comment, dans le cœur des jeunes filles.

Elle le considéra d'un œil avide. — En ce moment de pardon sublime et de péril imminent, il était beau comme un dieu sauveur.

— Ah ! tu portes du satin ! disaient les mégères.

— Et du velours !

— Et des plumes !

Lucien, nous l'avons dit, était d'une force physique prodigieuse, il plaça mademoiselle de l'Étiolle sur un de ses bras et commença à descendre le perron.

Les femmes, étonnées d'abord, le laissèrent passer en murmurant ; mais quand il fut parvenu au milieu de la cour, le flot se resserra subitement autour de lui, un cri général s'éleva, et cette fois la menace se faisait redoutable et sanglante !

Lucien sentit la jeune fille s'affaisser sous son bras; lui-même tremble de tous ses membres. Il eut peur de faiblir; mais au même instant, faisant un violent effort, il fendit la presse avec le bras qu'il avait de libre, rejetant à droite et à gauche tout ce qui s'opposait à son passage, et parvint jusqu'à la porte de la rue. Là, le danger devenait plus grand; tandis qu'il monterait, le flux exaspéré pouvait se ruer sur l'équipage et le mettre en pièces. Il déposa Berthe demi-évanouie entre les mains des valets de mademoiselle de Nogent, et faisant tout à coup volte-face, il s'élança au-devant de la foule qui déjà débordait la rue. Tous ces gens, lâches pour la plupart, et qui venaient d'éprouver la vigueur singulière du jeune homme, reculèrent effrayés. Lucien les refoula ainsi jusqu'à dix pas du seuil, et avant qu'ils pussent deviner son dessein, il repassa le portail et le referma brusquement derrière lui, puis il monta rapidement dans l'équipage et fit partir au galop, non sans avoir la satisfaction de voir de loin la force publique se hâter d'accourir vers le champ de bataille.

En quittant Auteuil, Lucien était rentré dans Paris, il s'était remis au travail avec une ardeur fébrile, cherchant à oublier dans les rudes labeurs de l'ambition et de la gloire les tourments d'un amour insensé.

Malheureusement, Lucien avait beau faire l'amour; de Berthe avait jeté de trop profondes racines dans son cœur; il vit bientôt qu'il ne parviendrait jamais à l'oublier.

Alors il résolut de s'expatrier; il avait toujours eu le vif désir de visiter l'Italie. Il avait peu d'argent, mais il lui suffisait de mettre le pied sur le sol italien; là, plus de diligence, le bâton et la besace du pèlerin... une hospitalité peu coûteuse, et le soleil pour rien!...

Le jour où ce projet lui traversa l'esprit il arrêta sa place pour Marseille.

Quelques jours après, il était dans la cour des Messageries, attendant le départ de la voiture, lorsque M. de Nogent, pâle, effaré, s'adressant à lui sans le reconnaître, lui demanda, comme au premier venu, le bureau de la diligence de Belgique. Lucien lui indiqua ce qu'il demandait et le suivit.

M. de Nogent ne fit qu'un bond jusqu'au bureau, et requit un employé de lui fournir la liste des voyageurs partis pour la Belgique. A peine eut-il jeté un regard sur la feuille qu'il s'élança au dehors en s'écriant:

— Je le tiens!

Lucien se trouvait encore sur son passage. Il le reconnut cette fois, et ravi de trouver à qui parler, il saisit son bras et lui raconta tout d'un trait la friponnerie de Michot et la rupture de son mariage avec Berthe. Dans sa colère, il ne ménagea pas M. de l'Etiolle, et pronostiqua la banqueroute prochaine. Puis, quittant l'artiste comme il l'avait abordé, il s'en fut toujours courant s'installer dans la malle-poste de Bruxelles.

Lucien, au contraire, fit immédiatement décharger ses bagages. Il ne voulait plus partir. Berthe était menacée d'un malheur: il devait être là pour la protéger.

En effet, depuis lors, il s'informa soigneusement de tout ce qui se passait chez M. de l'Etiolle; il assista, pour ainsi dire, à toutes les phases de la décadence de cette maison. Les derniers jours surtout, on aurait pu le prendre pour un garde du commerce, tant ses stations étaient longues et fréquentes aux environs de l'hôtel.

La veille, impatient de tout connaître, il avait été demander M. de l'Etiolle jusque dans les bureaux. A la nouvelle de son absence, frappé de l'abandon de Berthe, il avait écrit un mot sans signature à mademoiselle de Nogent, qui répondit de suite à son appel.

Une fois en sûreté, dans la voiture, Berthe fut quelque temps à reprendre ses sens; Lucien la regardait avec une commisération mêlée d'amour, et mademoiselle de Nogent, partagée entre la pitié, la douleur et le plaisir. Elle voyait enfin ce Lucien, qui occupait depuis si longtemps sa pensée. Il était beau, brave, généreux. Il était au-dessus du son rêve. — Un moment, la noble demoiselle envia le sort de la fille du banqueroutier; Lucien l'aimait: un tel bonheur pouvait-il se payer trop cher?

Lucien rompit le premier le silence; et s'adressant à mademoiselle de Nogent:

— Je vous remercie d'être venue, dit-il.

Emilie leva sur lui son grand œil bleu, qu'elle baissa aussitôt.

— Oui, continua Lucien, il y avait longtemps que je comptais sur vous mademoiselle. En vous demandant un asile pour mademoiselle de l'Etiolle, j'étais sûr de l'obtenir.

— Quoi! c'est vous! fit Emilie étonnée.

C'était encore une nouvelle preuve de cet amour que le jeune artiste avait voué à Berthe, et Emilie sentit son cœur se resserrer.

Berthe, incapable de parler, pressa la main de Lucien entre ses mains jointes, et leva les yeux au ciel.

Lucien reprit, en s'adressant toujours à mademoiselle de No-

gent:

— Mademoiselle de l'Etiolle a-t-elle fait choix d'une retraite?

— Berthe n'a-t-elle pas sa chambre à l'hôtel de Nogent?

— Non, dit vivement Lucien, mademoiselle de l'Etiolle ne doit point habiter la maison de monsieur votre frère, vous le savez...

— Mais... seule?... objecta Emilie.

— Je veillerai sur elle.

Lucien prononça ces mots avec une sorte d'emphase. Emilie le plaçait trop haut pour ne pas donner à ses paroles le sens le plus louable. Nous aurions bien mal réussi dans notre esquisse de ce caractère passionné, faible à force d'énergie, mais singulièrement honnête, si le lecteur pouvait lui suggérer une arrière-pensée.

Mademoiselle de Nogent n'avait rien à répondre; cependant un doute, qu'elle ne savait comment exprimer, se lisait sur sa physionomie. Lucien voulut la prévenir.

— Je suis débiteur de M. de l'Etiolle, dit-il, avec simplicité; je me trouve maintenant en mesure de m'acquitter. Mademoiselle ne manquera de rien.

Cette fois, Emilie devina le généreux mensonge.

Berthe souleva péniblement sa tête et murmura:

— Merci, Lucien, merci!...

— Chut, dit l'artiste, en se penchant à son oreille, chère Berthe! que je bénis cette pauvreté qui vous rend à moi!

La jeune fille avait essayé de sourire, mais son œil de pauvreté, un tressaillement fiévreux agita sous ses membres. Elle avança la main comme pour repousser une vision funeste, et se laissa retomber pesamment au fond de la voiture.

— Pauvre Berthe! dit mademoiselle de Nogent, elle est bien malheureuse!

Mais Lucien, lui aussi, n'entendait pas: *il venait d'avoir sa vision.*

Il s'était souvenu de l'étrange fureur excitée en lui par ces paroles du comte:

— Je vous l'aurais payée trois mille écus.

Et maintenant, comme alors, il se répétait, torturé par un doute poignant:

— Pour l'or! pour de l'or!...

XII

LA COUR D'ASSISES.

Pendant que ces événements s'accomplissaient, M. de l'Etiolle était parvenu à se cacher dans Paris, et, tout entier au soin de se soustraire aux recherches dont il était l'objet, il n'avait pas même songé au sort réservé à sa fille.

Pour lui, la prédiction qu'il avait faite un jour à Michot s'était réalisée à la lettre. Il n'avait plus cent francs pour prendre la diligence de Bruxelles.

Quand on ne possède rien, il est difficile d'échapper longtemps aux argus de la police. M. de l'Etiolle fut arrêté au bout de quelques jours, et aussitôt écroué sous prévention de banqueroute frauduleuse.

Lucien, qui ne pouvait apprendre à connaître Berthe, la jugea, dans cette circonstance, comme toujours, d'après lui-même. Dès qu'il eut appris l'incarcération de M. de l'Etiolle, il se rendit à la demeure modeste, mais convenable, où il avait établi la jeune fille, confiée aux soins de la vieille Marthe. L'artiste ne passait que rarement le seuil de cette maison; il ne voyait Berthe qu'en présence de Marthe.

Cette fois, il lui demanda une entrevue particulière, et, avec des précautions infinies, il lui annonça la fatale nouvelle.

Berthe se couvrit le visage de ses mains en sanglotant.

— Malheureuse que je suis!... dit-elle.

Lucien s'attendait à autre chose; il la regarda sévèrement.

— Votre père aussi est bien malheureux, mademoiselle, dit-il à voix basse.

La jeune fille retint le mot d'amère accusation qu'elle allait faire surtout son père, et, feignant de revenir à elle:

— Mon père! mon pauvre père! dit-elle; ô Lucien, je veux le voir; au nom du ciel, faites que je le voie!

— Venez, dit Lucien en se redressant du regard.

Et ils partirent ensemble et arrivèrent peu de temps après à la prison de M. de l'Etiolle.

L'entrevue du père et de la fille eut lieu devant Lucien, et fut, extérieurement, fort touchante.

M. de l'Etiolle semblait supporter son malheur avec fermeté. L'évasion de Michot lui faisait la partie belle; il pouvait rejeter sur lui fraudes et détournements; le talisman que lui avait donné la nature, sa figure, ferait le reste.

Il remercia Lucien avec effusion, et quand celui-ci voulut entrer dans quelques explications sur sa conduite à l'égard de la jeune fille, sur la duègne placée comme une barrière, M. de l'Etiolle l'interrompit par un geste plein de noblesse:

— J'ai confiance en vous, dit-il.

Et Lucien, oubliant ce que cet homme avait amassé de mépris mérités sur sa tête, lui serra la main.

L'instruction commença, et tout sembla d'abord marcher à souhait.

Le vol de Michot était flagrant, et la justice n'eut pas de peine à admettre les charges dont M. de l'Etiolle voulut accabler son complice. D'un autre côté, les actionnaires dépouillés, nobles pour la plupart, et sachant qu'il y avait pour eux dans l'enceinte de la cour d'assises peu d'argent à gagner et beaucoup de considération à perdre, ne s'étaient point portés parties civiles.

M. de l'Etiolle eut dans ses défenses des mouvements sublimes d'éloquence simple et persuasive.

Il raconta comment il se trouvait lié depuis l'enfance avec son associé; comment cet homme avait peu à peu gagné sa confiance, comment il avait fini par se reposer sur lui du soin de mener son entreprise. Michot était un homme d'une capacité exceptionnelle; sous des dehors communs, il cachait une entente singulière des affaires; jusqu'alors il l'avait toujours vu probe, honnête, d'une délicatesse exagérée même. — Il ne lui connaissait pas un vice, tout lui donnait lieu de croire que jamais il ne faillirait aux lois de l'honneur...

Cependant il avait été indignement trompé. Grâce à lui, toute une vie de probité se trouvait brisée, il se trouvait traîné devant la justice comme le plus misérable des criminels. — La mort était préférable à une pareille honte!

M. de l'Etiolle leva les mains et les yeux au ciel, qu'il semblait prendre à témoin de la sincérité de ses déclamations, et quand il eut fini de parler, plus d'un juré sentit une larme d'attendrissement rouler sous sa paupière.

M. de l'Etiolle avait l'air si ému lui-même, si humilié de tant d'abaissement, il portait si bien ce noble diadème de cheveux blancs que la vieillesse avait mis sur son front, il y avait tant de douleur dans sa voix, tant de franchise dans ses paroles, que pas un de ceux qui l'écoutèrent ne put s'empêcher de s'apitoyer sur son sort.

Ce jour-là, il eût trouvé mille actionnaires de plus.

Berthe commençait à relever le front; Emilie le voyait elle-même à espérer; chacun, enfin, appelait de tous ses vœux l'arrestation et l'extradition de ce misérable Michot.

Seul, Lucien semblait ne pas partager la confiance générale, et il eût voulu hâter le dénoûment de ce drame, tant il craignait quelque catastrophe.

Cependant, que faisait donc M. Michot, et pourquoi ne venait-il pas rendre à son ami Danglade le service de le tirer du mauvais pas où il l'avait jeté ?...

M. Michot voyageait.

Depuis cinq mois, il avait parcouru les différentes villes de la Belgique, faisant partout grande chère, et se donnant pour un capitaliste parisien, portant avec lui quelques cent vingt mille francs, un dixième à peu près de son immense fortune.

Michot était parti seul... Lise n'avait pas voulu le suivre, et il ne l'avait pas attendue.

Son amour pour la jolie soubrette n'allait pas jusqu'à compromettre ses intérêts; il eût consenti volontiers à partager avec elle les fruits de son crime, mais pour rien au monde il ne se fût résigné à les perdre.

Il était parti!

Quant à Lise, nous saurons plus loin ce qu'elle était devenue.

— Disons cependant tout de suite que, dès les premiers symptômes de décadence, elle s'était empressée de quitter le service de M. de l'Etiolle. Avec l'instinct des rats, elle avait abandonné la maison avant qu'elle ne s'écroulât.

Michot l'avait bien un peu regrettée, mais, pensait-il, le million qu'il emportait lui promettait bien d'autres plaisirs.

Le Belge n'a pas précisément à s'enquérir de la véracité des hôtes qui le paient; il aime naturellement ce qui est français, même les billets de banque.

M. Michot reçut donc partout un accueil proportionnel à l'importance de son portefeuille, et, après avoir visité quelque temps toutes les villes importantes, il fit choix de Bruxelles pour sa résidence définitive.

Toutefois, il y était à peine installé depuis quelques semaines, dans un des somptueux hôtels, lorsqu'il lui advint une petite aventure qu'il est bon que le lecteur connaisse...

Un jour, il rentrait vers midi, se curedent à la bouche, après un confortable déjeuner. Son valet lui annonça que trois messieurs l'attendaient dans son cabinet. Michot avait déjà fait à Bruxelles une douzaine de connaissances de taverne; il entra sans le moindre soupçon.

Aymard de Nogent était assis dans un fauteuil à la Voltaire, vis-à-vis de deux individus dont l'un portait une de ces physionomies banales, sorte de contrefaçon de visage humain, dénuée de

tout caractère propre. L'autre portait les insignes consulaires.

Michot voulut reculer; mais il n'était plus temps. Aymard, se levant avec courtoisie, lui demanda poliment des ses nouvelles, et lui annonça qu'il avait obtenu son extradition, — ce que confirmèrent le consul français et cette tête, imitée de l'humaine, et qui n'avait pas honte d'appartenir à un corps belge.

Un instant Michot songea à faire résistance. Il roula autour de lui ses gros yeux, comme s'il eût cherché une arme. Aymard feignit de se méprendre et s'empressa de lui pousser une bergère.

Le consul et la contrefaçon se rassirent. Michot, atterré, en fit autant.

— Monsieur, dit alors Aymard, je suis d'autant plus aise de vous rencontrer que voilà bientôt un mois que je vous suis avec obstination; vous m'avez procuré le plaisir de visiter les principales villes de la Belgique.

Michot fit une grimace mélancolique.

— Mais, Dieu merci, ajouta le jeune comte de Nogent, grâce à ma persévérance, et grâce aussi au bienveillant appui de ces messieurs, nous voilà tous les deux au terme de notre voyage, qui m'a semblé, je vous l'avouerai, un peu long !...

Michot regardait de tous côtés, mais il n'y avait aucune issue possible. — Il se mordit les lèvres.

— Monsieur, dit le consul, vous allez partir pour Paris, aujourd'hui même...

— Aujourd'hui même pour Paris, varia l'agent du gouvernement brabançon.

— C'est impossible !... dit Michot; mes malles...

— Vos malles vous suivront...

— Permettez, interrompit vivement Aymard sur ces derniers mots; cet homme a des valets qui peuvent lui être dévoués. Les billets de banque...

— Nous allons procéder à l'ouverture du secrétaire, dit le consul.

Ils se levèrent.

Michot, malgré sa répugnance, fut contraint de donner la clef du secrétaire. Les billets de banque, les titres, tous les papiers furent remis sous scellés à M. le consul, pour qu'il les fît sûrement passer à Paris.

Puis Michot monta, entre deux gendarmes, dans une chaise de poste.

Aymard partit, après avoir pris congé du consul et salué l'agent belge, qui lui rendit son salut en le contrefaisant lui-même.

Comme on le voit, Michot allait tomber au milieu du procès intenté à M. de l'Etiolle, et son arrivée devait forcément précipiter le dénoûment de cette fatale affaire.

Il arriva, suivi par M. de Nogent.

Emilie, qui depuis tous ces malheurs avait redoublé de soins et de tendresse pour Berthe, vint, pleurant de joie, lui apprendre cette nouvelle et lui offrir sa voiture pour aller, à son tour, l'annoncer à M. de l'Etiolle.

Berthe accepta; elle ignorait que ce fût le coup de mort qu'elle portait à son père.

Dès les premières paroles de sa fille, celui-ci ne put retenir un geste de muet désespoir. Il se sentait perdu.

Dès ce moment, en effet les choses changèrent complètement de face.

Quand Michot fut confronté avec de l'Etiolle, ce fut pour ce dernier comme si on lui eût présenté la tête de Méduse.

Michot était profondément irrité des charges vraies ou mensongèresque son associé avait entassées contre lui; il s'était promis de se venger, et le premier regard qu'il adressa à Danglade le jour de leur rencontre devant le juge d'instruction fut un regard de haine et de mépris.

Danglade en demeura comme pétrifié!

Il n'y avait pas à espérer que Michot se laisserait toucher par la pitié. Que faisaient à cet homme M. de l'Etiolle et sa fille ?... il n'avait aucune raison de se sacrifier. Danglade comprit que tout était fini.

Michot fut sans pitié.

— Ah! l'on trahit comme ça les anciens, dit-il effrontément au juge, presque aussi stupéfait que de l'Etiolle, on abuse de son physique pour arracher des larmes à la justice, et l'on se donne le genre de dire du mal des pauvres absents! Eh bien! c'est ce qu'il faudra voir !... et il rira de bon rira le dernier...

Et comme Danglade éperdu tendait vers lui ses deux mains suppliantes:

— Oh! je la connais, celle-là, poursuivit-il brutalement, et je ne m'y laisserai pas prendre. D'ailleurs, tu es un sot; c'est toi qui es la cause de tout ce qui arrive; si tu m'avais écouté, nous aurions chacun un bon million dans la poche, et, à l'heure qu'il est, nous prendrions l'air sur l'asphalte de New-York ou de quelque ville libre... mais ton hésitation nous a perdus, et tu as encore aggravé les torts en me dénigrant; je n'en veux plus, et si je peux adoucir mon sort, je n'hésiterai pas à faire des révélations.

— Des révélations? fit le juge d'instruction.

— Michot! supplia le malheureux vieillard.

— Eh! je ne m'appelle pas plus Michot que tu ne t'appelles de l'Etiolle!...

Ce dernier porta ses mains à son front par un geste violent et désespéré, et se laissa tomber sur un banc.

Michot appela alors sur la vie de son associé les investigations de la justice, et il fit, le jour même, des révélations de nature à donner l'éveil aux hommes de loi.

On fouilla dans le passé, et on ne tarda pas à reconnaître dans la personne du père de Berthe, de cet homme aux manières nobles et si pleines d'attrait que tous les suppôts de la justice étaient devenus ses serviteurs ou ses amis, un fripon des plus vulgaires, condamné autrefois à Bordeaux, pour escroquerie, sous un nom qui nous échappe, puis condamné en dernier lieu pour banqueroute frauduleuse à Toulouse, sous le nom de Danglade.

L'affaire prit dès ce moment un tel caractère de gravité qu'il fallut abandonner tout espoir de le sauver. Ceux qui avaient paru les plus confiants dans le début de la session se montrèrent fort irrités d'avoir été trompés à ce point.

Il s'opéra sur-le-champ une réaction des plus complètes, et à la session suivante, les nommés Michot et Danglade, dit de l'Etiolle, furent condamnés à cinq ans de travaux forcés, avec exposition.

Mademoiselle de Nogent avait, malgré son frère, assisté Berthe pendant tous les débats, la consolant, la soutenant avec un dévoûment à toute épreuve. Lucien, lui, ne s'était pas démenti un seul instant.

Il devait aller plus loin, et faire ce qu'elle ne pouvait prévoir ni même désirer.

Le jour de la condamnation, tandis que, succombant sous le poids du coup terrible, elle fondait en larmes, et priait le ciel de l'enlever d'un monde où d'aussi cruelles épreuves lui étaient réservées, Lucien se précipita vers elle avec un cri de suprême angoisse, et saisissant ses mains qu'il baisait avec un transport fou :

— Berthe, lui dit-il d'une voix brisée, mais ferme encore, Berthe, je vous aime toujours, moi, je ne vous abandonnerai jamais, et à la place de votre nom qui vous effraye aujourd'hui, je vous offre le mien que vous pourrez porter sans crainte et sans remords...

A ces mots, à cet élan qui disaient assez quel trésor de dévoûment renfermait le cœur de Lucien, Berthe cessa tout à coup de pleurer, et elle regarda enfin avec admiration cet homme dont rien n'avait pu briser l'amour, et qui, maintenant, voulait partager avec elle ce fardeau d'infamie que le monde impose aux enfants des criminels.

Toutefois, cette sensation fut de courte durée; une amère pensée traversa son esprit; on eût dit que le dévoûment de Lucien pesait à son cœur comme un remords... c'était un reproche cruel du passé, et Berthe ne voulait plus revenir en arrière.

Elle serra la main du sculpteur et oublia un moment son doux regard sur son front.

— Merci, Lucien, lui dit-elle, merci; je ne doutais pas de vous, et cette nouvelle preuve n'ajoute rien à la foi que j'avais en votre amour! Ce que vous me proposez cependant est impossible .. Je ne puis ni ne dois accepter votre offre généreuse... elle ne me sauverait pas, et elle ne nous ferait heureux ni l'un ni l'autre. — Aujourd'hui vous êtes emporté par votre enthousiasme chevaleresque, et moi-même, je m'en sens profondément touchée et attendrie... mais, ce sacrifice, nous ne pourrions l'accomplir jusqu'au bout... il vaut mieux nous séparer dans toute la pureté et la douceur de nos illusions... Pour moi, Lucien, il n'y a plus d'amour, plus de bonheur, plus d'espoir même ; il n'y a plus que le regret amer et triste du passé, et la sombre et cruelle appréhension de l'avenir!... Plaignez-moi, mon ami, nous aurions pu être heureux; c'est ma faute, sans doute. — Oh!... que ce beaux rêves, cependant, et comme j'aurais aimé la vie! — Mais tout est fini maintenant, et après le drame terrible qui vient de se dénouer, ne croyez pas qu'il y ait pour moi un bonheur quelconque, fût-ce même dans une petite mansarde de la rue de l'Ouest!...

Lucien ne répondit pas, mais il abandonna la main de Berthe, et quand elle s'éloigna, soutenue par mademoiselle de Nogent, il n'eut pas le courage de la retenir davantage...

Berthe venait de rompre les derniers liens qui l'attachaient encore à elle.

XIII

LE BON ET LE MAUVAIS ANGE

Quelques mois s'étaient écoulés. Berthe avait rompu violemment avec le monde; elle s'était retirée, triste et solitaire, dans une petite chambre située au cinquième étage d'une maison de la rue de Grenelle-Saint-Germain, et là, seule avec sa pensée et ses souvenirs, elle cherchait à étouffer ses regrets et à endormir sa douleur.

Mais le coup avait été trop cruel, l'infortune était trop récente aussi pour qu'elle pût parvenir encore à oublier.

Et puis, Berthe avait horreur de la misère ; il était impossible qu'elle s'habituât à vivre entre les quatre murs délabrés d'une mauvaise chambre d'hôtel garni.

C'est en vain que mademoiselle de Nogent l'avait sollicitée de venir habiter avec elle, elle avait obstinément refusé. — Berthe était fière aussi ; elle ne voulait rien accepter.

Elle avait donc disparu tout à coup, sans confier son secret à personne, et elle était allée, sous un nom d'emprunt, chercher l'oubli dans un quartier où elle espérait bien que nul ne viendrait la chercher.

Cette fois encore, elle devait se tromper.

Un matin, en effet, midi venait de sonner. Berthe travaillait, assise près de la fenêtre, lorsqu'on frappa à sa porte.

Elle tressaillit.

Elle n'attendait personne; il y avait plus d'un mois qu'elle n'avait vu Emilie; quant à Lucien, depuis le jour où elle avait repoussé l'offre de sa main, il n'était plus revenu.

Un singulier mouvement s'empara d'elle. — Elle eut presque peur.

Toutefois, comme on avait frappé de nouveau, elle se décida à se lever et s'approcha de la porte.

— Qui demandez-vous?... dit-elle avant d'ouvrir, et par un dernier sentiment de prudence.

— Mademoiselle Berthe ! répondit une voix de femme.

Berthe crut reconnaître cette voix, et elle ouvrit !...

C'était bien une femme, en effet, une femme jeune et jolie, entourée de flots de dentelles du dernier goût et du plus haut prix. Berthe ne put s'empêcher de sourire.

Elle avait reconnu Lise!

Pendant quelques minutes, l'ex-soubrette parut un peu embarrassée en se retrouvant devant son ancienne maîtresse ; elle ne savait ni comment lui parler, ni même comment la regarder, mais sa nature particulièrement mobile reprit bientôt le dessus, et elle s'assit sans façon près de la fenêtre où Berthe travaillait, un instant auparavant.

— Voyons, dit-elle, en forçant presque Berthe à s'asseoir près d'elle, vous me pardonnerez d'être venue vous voir, n'est-ce pas?

— Et pourquoi vous en voudrais-je, répondit Berthe avec simplicité ; toutes les preuves d'intérêt me sont chères, et je n'ai pas encore perdu le souvenir de ceux qui m'ont servie...

Lise se mordit les lèvres sur le dernier mot, puis elle fit un geste d'insouciance, et jeta un regard autour de la chambre.

— Voilà bien longtemps que j'avais envie de venir vous voir, et je n'osais pas.

— Pourquoi donc?

— On se fait souvent des idées absurdes. Je craignais que ma présence ne vous rappelât des souvenirs pénibles.

— C'est vrai.

— Vous étiez bien heureuse, alors...

Berthe passa sa main rapide sur son front, et jeta à Lise un regard étrange.

— Au moins, dit-elle, d'un ton où tremblait peut-être un peu d'amertume, je vois avec plaisir que vous n'avez pas sujet de regretter le passé.

— Moi? fit Lise, en se regardant des pieds à la tête avec une petite moue dédaigneuse.

— Vous paraissez dans une condition meilleure.

— Ça se voit?

— Et vous êtes contente :

— Certainement.

Il y eut un moment de silence. — La présence de Lise était évidemment pénible à Berthe, et cependant elle éveillait en elle une curiosité inquiète et pour ainsi dire jalouse.

De son côté, Lise semblait avoir sur les lèvres mille paroles qui ne demandaient qu'à s'échapper, et qu'elle retenait toujours, malgré elle.

— Contente? reprit tout à coup l'ex-soubrette, en affrontant le regard presque indiscret de Berthe, j'ai peut-être tort de dire cela... Moi, d'abord, je ne suis pas difficile, je n'ai pas trop d'ambition, mais je ne pourrais pas vivre sans être entourée de toutes les séductions du luxe.

— Le luxe ! reprit Berthe avec un soupir.

— Et n'est-ce pas la vie, cela, la nôtre, du moins, poursuivit Lise ; n'avons-nous pas été faites pour porter toutes ces gracieuses fantaisies de la mode, pour égayer les fêtes de nos sourires et les éclairer de nos regards ?... C'est nous qui sommes vraiment les maîtresses du monde... Est-ce donc une existence que de se condamner à un travail opiniâtre, d'user sa jeunesse, de flétrir sa beauté dans l'ombre et la solitude ?... Au profit de quoi, d'ailleurs, ce renoncement inhumain ? au profit d'une vieillesse misérable et tourmentée.

Pendant que Lise parlait, Berthe avait plus d'une fois remué la tête en signe d'étonnement ; quand la jolie pécheresse eut fini, elle leva sur elle deux yeux où, à travers l'indécision d'une conscience troublée, se lisait l'expression d'un remords anticipé.

— Et le monde ! répondit-elle en élevant ses regards vers le ciel.

Lise poussa un joyeux éclat de rire.

— Le monde ! dit-elle en haussant les épaules, la bonne folie !... Eh ! de quel monde voulez-vous parler, pauvre mademoiselle ? Demandez-donc aux poètes modernes s'il y en a un autre que celui où nous vivons ; n'est-ce pas nous que l'on a chantées à toutes les époques, n'est-ce pas à nous que l'on a toujours fait la vie douce, calme et reposée. — Qui doute de cela ? — On nous aime quand nous vivons, on nous pleure quand nous sommes mortes !... Le monde, dites-vous !... Mais il a encore plus de faiblesse et d'indulgence pour nous qu'il n'a de raillerie et de risée pour la vertu ; l'exemple est là, d'ailleurs, pour le prouver, et chacune de nous trouve toujours un poète qui la chante, un sot qui l'adore et un imbécile qui l'épouse !...

Berthe ne put s'empêcher de sourire à cet ingénieux plaidoyer ; il était évident que Lise le savait par cœur et qu'elle avait peut-être déjà trouvé l'occasion de le débiter souvent. Mais Berthe n'était pas dupe de cette éloquence, et elle voulut le faire comprendre. — Lise ne lui en laissa pas le temps.

— C'est encore, reprit-elle, ce que M. Blum me disait hier soir.

— M. Blum !... interrompit Berthe.

— Un de vos anciens amis.

— Vous le voyez ?..

— Souvent.

— C'était un honnête jeune homme.

— Il l'est encore.

— Un peu ridicule, peut-être.

— Il n'a pas changé.

Les deux jeunes femmes se prirent à rire.

Pauvre Anténor, reprit Berthe un instant après, que de fois ne m'a-t-il pas dit qu'il se mourait d'amour.

— Il le dit toujours.

— En vérité !

— Puisque je vous dis qu'il n'a pas changé.

— Il y a donc des amis qui se souviennent de moi.

— Et qui donneraient beaucoup pour vous faire oublier les rigueurs de la destinée.

— Comment ?

Lise fit un signe mystérieux, et se rapprocha de Berthe.

— Ecoutez-moi, mademoiselle, dit-elle, en baissant la voix, M. Anténor Blum est aujourd'hui un des riches capitalistes de la capitale.

— Lui !

— Il a gagné des sommes considérables à la Bourse.

— Eh bien !

— Eh bien ! l'argent ne lui coûte rien, et si vous vouliez...

— Quoi donc ? fit Berthe, qui, sans savoir pourquoi, se sentit frissonner.

— Il vous aime toujours !

— Il m'épouserait ?...

Lise leva sur Berthe un regard embarrassé, et se mit à jouer avec une petite cassolette de parfum qui pendait à son bracelet.

— Ça, je ne sais pas, répondit-elle.

— Mais, qu'espère-t-il alors ?

— Il ne me l'a pas dit.

Berthe eut un éclair dans les yeux.

— Cependant, insista-t-elle, c'est lui qui vous a engagée à me venir voir, n'est-ce pas ?

— Il paraissait le désirer beaucoup.

— Il vous a dit qu'il m'aimait ?

— C'est vrai.

— En un mot, et sans détour, Lise, M. Anténor Blum me fait proposer d'être sa maîtresse ?

— Mais...

— Avouez-le ?

— J'ignore...

— Ah ! tenez, vous n'avez pas même l'audace de votre lâcheté et de votre infamie.

Berthe s'était levée, et elle parcourait la chambre à grands pas ; une pâleur mortelle était répandue sur ses traits, son sein se soulevait avec précipitation, ses mains crispées froissaient énergiquement le corsage de sa robe.

Lise s'était levée également ; elle s'apercevait trop tard qu'elle avait fait fausse route ; elle ne savait plus quelle contenance tenir ; elle eût voulu n'être pas venue.

Heureusement pour elle que la porte s'ouvrit en ce moment, et qu'une troisième personne vint faire diversion aux pénibles émotions de cette scène.

Berthe poussa un cri, et alla se jeter dans les bras de la personne qui entrait.

— Emilie ! s'écria-t-elle, en embrassant mademoiselle de Nogent avec un transport de joie folle.

— Berthe ! fit à son tour la jeune fille.

— Vous ici... malgré le soin que j'avais pris de me cacher ?

— J'ai eu bien du mal à vous trouver !

— Oh ! vous êtes bonne !

— Mais je ne suis pas seule à penser à vous et à vous aimer.

— Qui cela ?

— Lucien.

— Lui !

— Toujours...

— Oh ! il ne m'aime plus.

— Qui peut vous le faire penser ?

Berthe eut un amer sourire.

— Lucien a été sublime, répondit-elle ; son souvenir a été mon soutien dans les cruelles épreuves que j'ai eues à supporter, mais, j'étais indigne de son amour, et, vous le voyez, Emilie, je me suis fait justice.

— Pauvre Berthe !...

— J'ai bien pensé à vous, cependant.

— Combien je donnerais pour retourner encore, ne fût-ce qu'un jour, vers ce passé charmant où je vous ai connue si heureuse.

— Ce temps ne reviendra plus jamais.

— Qui sait ?

— Ma vie est finie, Emilie, le monde m'a condamnée ; et tout à l'heure encore j'ai appris avec quelle cruauté cynique l'on traite de nos jours l'enfant d'un criminel.

Emilie regarda Berthe avec étonnement, comme si elle eût cherché l'explication de ces paroles amères.

Les deux amies étaient seules maintenant ; Lise avait profité des premiers instants pour disparaître.

— Vous avez vu cette fille ? demanda alors Berthe à mademoiselle de Nogent.

— Il me semble que je la connais, répondit cette dernière.

— C'est Lise.

— Votre femme de chambre.

— Elle-même.

— Que vient-elle faire ici ?

— Oh ! une chose fort simple.

— Vous étiez tout émue quand je suis entrée.

Berthe prit la main de mademoiselle de Nogent et la serra dans les siennes.

— Lise est venue me trouver de la part de M. Anténor Blum, dit-elle d'une voix sèche et fébrile.

— Et que vous veut-il ?

— Vous ne le devineriez pas !...

— Mais encore ?

— M. Anténor Blum veut que je sois sa maîtresse !

Berthe ni ne rougit ni ne pâlit... Elle levait fièrement la tête, et semblait trouver une âcre volupté à répéter ce mot, qui la marquait comme d'une flétrissure.

Le vase était plein ; elle le vidait jusqu'à la lie, et le cœur ne lui soulevait pas, on eût dit même qu'elle y puisait une sorte d'ivresse qui l'aidait à oublier l'affreuse réalité.

Quant à Emilie, elle n'avait pas répondu, mais elle avait caché sa tête, en rougissant, dans ses mains, et elle sanglotait.

— Le monde est donc ainsi fait ? dit-elle enfin en regardant Berthe à travers ses larmes ; pauvre amie, j'étais loin de soupçonner l'étendue de votre douleur ; mais, Dieu merci ! mon amitié n'est point de celles que de pareilles catastrophes font hésiter, et, si vous le voulez, Berthe, je vous défendrai, moi, contre le monde injuste qui vous insulte. Ecoutez... j'ai près de Paris une petite habitation charmante où nous pourrons vivre seules, l'une près de l'autre, sans contact possible avec ceux que vous avez connus ; partons ensemble, vous retournerez là le calme dont vous avez besoin ; le temps et nos soins vous feront oublier un passé cruel ; et, qui sait ? mon amie, peut-être y aura-t-il encore, dans l'avenir, des jours heureux et bénis de Dieu... Dites, Berthe, dites, le voulez-vous ?

Berthe baisa tendrement au front la blonde enfant qui lui parlait encore de bonheur, et secoua tristement la tête en signe de refus.

— Non, Emilie, non, répondit-elle, avec une douloureuse émotion, j'ai refusé naguère Lucien qui m'offrait d'être sa femme, et je refuse aujourd'hui encore l'offre que vous me faites... Je vous l'ai dit, mon amie, ma vie est finie, je ne suis plus de ce monde. Merci donc à vous, merci à Lucien ; j'emporte vos chers souvenirs dans ma solitude, et je ne vous oublierai jamais...

— Ainsi vous me repoussez ? dit mademoiselle de Nogent avec tristesse.

— Il le faut.

— Au moins je vous verrai quelquefois.

— Je ne sais.

— Vous vous souviendrez souvent que vous avez des amis auxquels il vous suffira de faire un appel pour qu'ils accourent.

— Je vous le promets.

— Ah ! j'espérais mieux.

— Et moi, mon amie, je n'avais pas le droit d'espérer autant de votre cœur.

— Au revoir donc, Berthe.

— Adieu, Emilie, adieu.

Les deux jeunes filles se tinrent pendant quelque temps étroitement serrées dans les bras l'une de l'autre, puis elles se quittèrent chacune avec un triste pressentiment.

Lucien ne revit plus Berthe.

Il avait souffert en silence. — La fin hideuse de son roman l'avait cruellement blessé, mais sans le mettre hors de lutte. Comme ces tempéraments sanguins que la médecine traite par d'abondantes saignées, sa nature exubérante de sève avait besoin d'une blessure profonde qui ouvrît passage à ce trop plein d'énergie et rétablît l'équilibre.

Quand sa douleur se fut calmée, il reprit son ciseau et travailla.

Et, au milieu de deux années, il travailla tant et si bien, que si je vous disais son véritable nom vous me croiriez à peine, car ce nom est grand, et nul ne l'ignore. — Nonobstant, je vous le donne en mille.

———

Dans les derniers jours du mois d'octobre 1840, un jeune homme et une jeune fille suivaient seuls un convoi qui se dirigeait vers le cimetière Montmartre.

Quand le prêtre eut béni la tombe, les deux jeunes gens s'agenouillèrent.

C'était Emilie et Lucien !

Il faisait une journée douce et triste à la fois ; les rayons pâlissants du soleil avaient bien de la peine à percer le voile que la brume jetait sur Paris ; Emilie et Lucien restèrent plus d'une heure sur la terre humide. — Tous deux priaient et pleuraient.

Enfin ils se levèrent, et Lucien prit le bras de la jeune fille.

Ils étaient profondément émus l'un et l'autre, et marchaient à pas lents et rêveurs.

— Vous l'avez bien aimée, dit enfin Emilie en levant son regard sur le visage pâle de l'artiste.

— C'est vrai ! répondit Lucien.

— Son souvenir est encore tout entier dans votre cœur.

— Il y a longtemps été, du moins.

— Pauvre Berthe !...

— Oui, vous avez raison, pauvre Berthe, pauvre enfant égarée, qui a passé auprès du bonheur, qui n'avait qu'à tendre la main pour le saisir, et qui a mieux aimé s'en détourner... Ah ! cette femme a été mon malheur à moi.

— Votre malheur ?... fit Emilie étonnée.

— Oh ! ne croyez pas qu'il y ait la moindre amertume dans ma pensée, reprit Lucien.

— Qu'avez-vous donc alors ?

— Elle ne m'a jamais aimé.

— Qu'en savez-vous ?

— Elle m'a raillé, trompé... et quand j'allais mourir à Auteuil, quand, pendant près d'un mois, je fus suspendu entre la vie et la mort, est-ce donc elle qui s'est inquiétée, elle qui est venue ?...

— Mais qui vous dit qu'elle ne l'a pas fait ?

— Ma vieille Marthe.

— Votre domestique peut se tromper.

— Peut-être... Mais moi, Emilie, moi, puis-je refuser d'ajouter foi à ce témoignage que le hasard a remis entre mes mains, et qui, depuis longtemps, m'a révélé un secret que je n'aurais jamais osé deviner ?

Lucien remit en même temps à Emilie la bourse qu'il tenait de Marthe. Et comme la jeune fille confuse et troublée ne savait comment cacher son émotion :

— Emilie ! ajouta-t-il d'une voix émue, vous me connaissez assez aujourd'hui pour me croire quand je vous jure que, si vous l'ordonnez, ce secret mourra avec moi !...

———

Six mois après Lucien épousait mademoiselle Emilie de Nogent.

PIERRE ZACCONE.

FIN D'UNE BANQUEROUTE FRAUDULEUSE.

LE VANNIER DE TAULÉ

PAR PIERRE ZACCONE

Pendant que mon hôte causait avec le gardien du phare et lui donnait le pourboire d'usage, j'étais remonté à cheval, et je suivais au pas le chemin sablonneux. Mon regard, errant autour de moi, fut attiré par un bouquet de verdure, qui s'élevait à ma droite, au milieu de la lande aride et pelée, à quelques pas de l'endroit où je me trouvais. Je poussai mon cheval dans cette direction. C'étaient les ruines d'une maisonnette bâtie, dans une ardoisière, avec les matériaux mêmes qui se trouvaient sur la place. Les murs, qui n'avaient jamais dû être fort élevés, perçaient à peine alors le sol, et n'auraient pas attiré les yeux sans la couronne de végétation que l'abandon leur avait faite. Les ronces des digitales, les orties, comme pour se dédommager d'être bannies par le vent de mer des terrains environnant, formaient autour de ces décombres un inextricable fouillis.

Malgré le désordre pittoresque de ces broussailles, peut-être ne m'en serais-je pas autrement préoccupé, si je n'avais remarqué avec surprise que quelques plantes, qui annonçaient la culture, s'y trouvaient mêlées et presque enfouies. Un pied de vigne, dont les pampres amaigris rampaient le long des murs; quelques roses communes, rongées par les insectes et flétries par l'âpre brise; des liserons enroulant leurs vrilles autour de tout ce qui pouvait leur prêter un appui; puis des fraisiers qui traçaient sur le sol, autour de l'enceinte de la maison; tout cela avait dû être mené là de main d'homme, et je connaissais trop bien le peu de recherche de bien-être et d'agrément habituel à nos paysans, pour ne pas supposer de suite une origine étrangère à l'habitant de cette demeure.

Son exposition en face de la mer, dans cette solitude, ces traces d'embellissements inusités dans le pays, et la désolation qui y régnait désormais, me firent pressentir qu'une existence brisée dans le monde avait dû s'arrêter là, en face du ciel et de l'Océan, et loin de ce qui l'avait froissée. Mais qu'était ce solitaire? Pourquoi avait-il fui la société des hommes? Qu'était-il devenu? Nul peut-être ne s'en était jamais informé, ou n'en avait gardé la mémoire.

La voix de mon compagnon vint interrompre mes réflexions. En me retournant vers lui, je remarquai qu'il était accompagné d'une autre personne avec laquelle il causait, c'était le curé de Taulé qui revenait de la côte et retournait au bourg. Après nous avoir présentés l'un à l'autre, mon ami m'ayant demandé, en riant, si j'avais fait quelque précieuse trouvaille archéologique à propos de ces ruines, dont la contemplation semblait m'absorber profondément, je lui fis part des suppositions auxquelles je m'étais livré à leur sujet.

— D'après ce que je sais de cette histoire, tu pourrais bien avoir deviné juste, me répondit-il. Et cela me rappelle précisément l'ancienne promesse que m'a faite M. le curé de me la raconter en détail. Or, aujourd'hui, puisqu'il fait route avec nous jusqu'au bourg, et que rien ne nous presse, je le somme de remplir son engagement, à mon profit et au tien.

— Très-volontiers, dit le curé. Cette histoire est d'ailleurs le meilleur sermon que l'on puisse faire aux hommes, pour leur apprendre à se défier de l'infaillibilité de leurs jugements.

Nous étions rentrés, en causant, dans la région des terres cultivées. Les chemins creux que nous suivions étaient resserrés entre de hauts fossés gazonneux, couronnés de taillis qui les couvraient de leurs dômes verdoyants. Le soleil couchant glissait au travers quelques rayons d'or. Les oiseaux chantaient dans le feuillage leur cantique d'adieu au jour. L'air tiède était imprégné des suaves haleines de l'été. Rien, dans la campagne, ne venait distraire notre pensée. Un lièvre effarouché, s'enfuyant à notre approche, attirait à peine nos yeux. Placé entre nous deux, soit que nous pussions marcher de front, soit que le peu de largeur du chemin nous forçât à nous mettre à la file les uns des autres, le vieux curé prit la parole en ces termes :

I

Peu de jours après mon arrivée dans la paroisse, voilà de cela une vingtaine d'années, en revenant un jour de ce côté, je pris, au sortir de la grève, dans l'espoir d'abréger ma route, le chemin que nous suivons en ce moment, et qui m'était alors inconnu. Il n'y avait pas alors de phare sur la lande. Au milieu de ce désert aride, j'aperçus, à l'endroit même où vous venez de voir un monceau de décombres, une maisonnette qui, sans être moins pauvre d'aspect que toutes celles de ce pauvre pays, s'en distinguait pourtant par son air de propreté et de coquette élégance.

Les murs en pierres sèches, prises à la carrière même, et le toit de chaume mousseux, étaient presque cachés sous les capricieux enroulements d'une vigne. Dans le petit enclos qui entourait la chaumière, les légumes, des arbustes et même quelques fleurs, annonçaient la préoccupation de l'agrément autant que celle de l'utilité. Une simple claie de branches entrelacées servait à ce petit jardin, conquis sur le sol pelé des environs, plutôt de limite que de défense. Tout cela avait un aspect de bien être riant et honnête, qui prévenait, dès l'abord, en faveur de ceux qui avaient créé cet ermitage, ou qui, du moins, l'entretenaient avec tant de soin.

Un homme, jeune encore, malgré les traces de souffrances qui assombrissaient sa figure avenante, et l'expression de tristesse résignée qui en troublait la douceur, était assis sur un fragment de rocher brut, placé à droite de la porte. Son costume tenait le milieu entre celui de nos laboureurs et celui des ouvriers des villes. Le sol, à ses pieds, était jonché de baguettes d'osier, de liasses de joncs et de paille, et il travaillait à un panier commencé, ne relevant les yeux que pour suivre, d'un regard et d'un sourire, les jeux d'un chien et d'un enfant, groupés à quelques pas de lui.

Le chien, soit dit sans le désobliger, n'était ni beau ni élégant. Il eût été difficile, au connaisseur le plus expérimenté, de préciser sa race, tant les mésalliances avaient dû être nombreuses dans sa famille. Mais, malgré sa couleur indéfinissable, son poil rude et hérissé et le peu de distinction de ses formes, il y avait dans son regard vif et dans la brusquerie de ses mouvements, une franchise, une bonté, qui devaient le faire aimer, après une plus ample connaissance, de ceux même qui l'auraient d'abord repoussé.

L'autre habitant des bois était un enfant de quinze ans environ, que la forme de son vêtement aurait fait prendre d'abord pour une fille, si la longueur et l'excessive maigreur de ses jambes et de ses bras nus, l'air d'hébétement naïf de sa physionomie effacée et le rire perpétuel et presque sauvage qui s'échappait seul de ses lèvres, n'avaient fait reconnaître une de ces pauvres créatures ébauchées qu'ailleurs on appelle des idiots, et à qui la pieuse et respecieuse pitié de nos paysans donne le nom d'innocents. Une poignée de joncs à la main, il s'amusait à en agacer le chien, qui se laissait faire avec autant de bonne volonté que de patience.

Ces deux êtres, aussi peu raisonnables et aussi mal peignés l'un que l'autre, semblaient se comprendre et s'aimer; ils n'interrompaient leur fraternelle récréation que pour jeter quelquefois, sur celui qui présidait à leurs plaisirs, un de ces regards de tendresse passionnée et sans restriction d'où l'intelligence était peut-être absente, mais où le cœur se montrait tout entier.

C'était en été, et la journée était chaude et resplendissante. Le soleil de midi inondait de lumière cette scène de bonheur tranquille, jetée là au milieu de la solitude austère. Les oiseaux, renfermés dans les cages suspendues parmi le feuillage de la vigne, répondaient, par leurs chants et leurs battements d'ailes, aux appels joyeux de ceux qui traversaient d'un vol rapide les libres espaces du ciel. Les abeilles bourdonnaient autour d'une ruche placée à un angle du courtil. Les éclats de rire de l'enfant et les aboiements du chien se répondaient et dominaient le bruissement de la terre échauffée et le lointain murmure de la mer sur la grève.

Il y avait dans ce tableau tant de calme, de sérénité, de bonheur facile et naïf, que je m'arrêtais à le contempler, sans pouvoir me défendre d'un élan de sympathie pour ceux qui le composaient.

Ma présence ne sembla pas produire sur eux le même effet. Dès qu'ils m'aperçurent, le chien et l'enfant interrompirent brusquement leurs jeux. Celui-ci se réfugia dans la maison, tandis que l'autre se sauvait en grondant entre les jambes de son maître, lequel, tout en lui imposant silence et en me saluant, se leva aussi, mais avec l'intention évidente de m'éviter.

Surpris du trouble que j'apportais dans cette scène rustique, dont je m'approchais pourtant avec des intentions si bienveillantes, et de l'effroi que j'inspirais à tous ces êtres dont le bonheur apparent m'intéressait, je voulus en connaître la cause, et j'adressai la parole au seul d'entre eux qui fût à même de me répondre.

Il s'arrêta et regarda avec étonnement autour de lui, comme pour se convaincre que c'était bien à lui que je parlais. Quand il se fut assuré qu'il n'y avait, dans les environs, aucune autre personne, il reporta les yeux vers moi, avec une expression de joie encore un peu craintive; mais il ne rompit le silence que lorsque j'eus renouvelé ma demande.

— Ce n'est pas pour manquer de respect à M. le recteur, dit-il enfin; mais je ne pouvais croire qu'il eût la bonté de m'adresser la parole.

— Qui donc êtes-vous? lui demandai-je, pour que vous vous étonniez de ce qu'on vous parle.

— Hélas! répondit-il avec un soupir, il faut bien que M. le recteur ne me connaisse pas, pour qu'il veuille bien s'arrêter ici avec moi.

Ne pouvant comprendre l'air d'amère résignation de cet homme, si différent de l'humilité sournoise et hypocrite, ordinaire à nos paysans, j'insistai pour savoir son nom et ce qui le faisait douter ainsi de la bienveillance qu'on lui témoignait.

— Mon vrai nom n'apprendrait rien à M. le recteur, dit-il avec un mouvement de tête plein d'une douloureuse conviction. Il y a longtemps que personne ne le prononce plus dans le pays; et cela vaut mieux, peut-être, puisque c'est sous celui-là que j'ai connu le malheur. Mais ceux qui ont entendu parler du Païen comprendront pourquoi il est surpris de voir l'homme de Dieu s'approcher de lui.

En prononçant ce nom de Païen, il m'avait regardé, pour observer sans doute l'effet qu'il produirait sur moi, et il ne put réprimer un amer sourire, en voyant, au mouvement soudain dont je ne fus pas maître, l'étonnement que j'éprouvais de rencontrer sous un jour si favorable, un homme que l'on s'accordait à peindre avec les plus sombres couleurs.

On m'avait en effet parlé, quelques jours auparavant, d'un ancien repris de justice réfugié dans la partie la plus éloignée et la plus sauvage de la paroisse, et auquel on attribuait tous les méfaits qui se commettaient dans le pays. On m'avait assuré que l'industrie de vannier, qu'il exerçait ostensiblement, ne servait qu'à couvrir les moyens coupables qu'il employait pour vivre. On l'accusait de vol, d'incendie, de maléfices sur les animaux et les hommes, et enfin de sorcellerie.

Si bon marché que j'eusse été disposé à faire de ces dernières accusations, auxquelles la vie solitaire de cet homme et son éloignement des pratiques extérieures du culte avaient sans doute donné lieu, je m'étais vu forcé de reconnaître que des antécédents fâcheux, en l'absence de faits récents constatés, offraient une sorte d'appui aux suppositions les plus défavorables. Originaire des montagnes, il s'était établi jadis dans le pays, par suite d'un mariage. Mais un an à peine plus tard, et sans que rien dans sa conduite antérieure pût le faire prévoir, il avait été convaincu par la justice du crime d'incendie dans sa propre ferme, et condamné pour ce fait, malgré ses constantes dénégations, à cinq années de travaux forcés.

Sa femme, réduite à la misère, avait quitté la commune, et l'on ne pensait plus à eux, lorsque, à l'expiration de sa peine, on vit le Païen revenir. Repoussé de tous nos paysans, impitoyables pour ce crime d'incendie, contre lequel leur vie et leur fortune sont sans défense, il s'était établi à la lande, dont son séjour avait fait un lieu d'effroi ; cet effroi s'était répandu dans les lieux habités, malgré le soin avec lequel il évitait d'en approcher, et malgré l'absence totale de preuves à l'appui des méfaits qui lui étaient attribués.

Le séjour de cet homme au bagne, plus que tout le mal qu'on m'en avait raconté par ailleurs, me faisait éprouver pour lui une répulsion instinctive que j'avais vainement essayé de combattre. Je me l'étais jusque-là représenté sous ces dehors de dégradation physique et morale que j'avais remarqué chez les hommes, que le contact déprave, lorsqu'ils ne sont encore qu'égarés. Je le voyais habitant une sorte de caverne, comme une bête fauve. Vous comprendrez donc la surprise que j'éprouvais devant le démenti donné à mes suppositions.

Je restai pourtant, je dois l'avouer, hésitant un peu entre cette impression nouvelle et les préventions que des faits trop bien établis m'avaient inspiré contre le Païen. Mais, revenu bientôt au sentiment de mon devoir, surtout par la vue de l'expression de découragement que mon indécision semblait lui causer, je voulus faire ce qu'il était possible pour l'amener au repentir de son crime, et je lui demandai pourquoi il ne venait jamais à l'église.

— J'y suis allé dans les premiers temps de mon retour ici, répondit-il ; mais les enfants m'ont jeté des pierres et les hommes des injures. — Il fallait accepter cela comme expiation, lui dis-je. En voyant que vous persistiez, on aurait cru à votre repentir.

— Comme expiation ? répéta-t-il en me regardant avec une expression de révolte sincère contre une accusation injuste ; je n'ai déjà que trop expié l'erreur de ceux qui m'ont condamné. Tout ce que je puis faire, comme chrétien, c'est de ne pas souhaiter que mes malheurs, causés par eux, retombent sur leur tête.

Je connaissais assez la manie des criminels, de se poser en victimes de la société dont ils ne peuvent plus se montrer les ennemis, pour ne pas être surpris de voir cet homme persister dans le système de dénégation, cercle étroit où il s'était obstinément renfermé pendant le jugement qui l'avait frappé. Mais le ton d'indignation sincère que mettait

le Païen dans sa protestation me causa, je l'avoue, un moment de doute.

Il y avait d'ailleurs un trop grand contraste entre les antécédents de cet homme, et même la réputation que lui faisait la voix publique, et ce que je voyais en ce moment de lui, pour que je n'eusse pas le désir de le connaître de plus près, ne fût-ce, s'il était réellement coupable, comme les faits judiciairement constatés semblaient l'établir, que pour le ramener à un aveu et à l'humilité du coupable, au lieu de le laisser dans la résignation stoïque mais stérile où il s'endurcissait.

Feignant donc d'être las de la route, et incommodé de la chaleur, je lui demandai la permission de me reposer à l'ombre de sa vigne. Un éclair de joie passa dans ses yeux attristés à cette preuve de confiance de ma part. Il se précipita à la bride de mon cheval pour m'aider à descendre. Il alla l'attacher derrière sa cabane, dans un endroit où ne parvenait pas le soleil, et, revenant vers moi, il ordonna par un signe à l'idiot qui, en voyant l'accueil qui m'était fait, s'était peu à peu rapproché, d'apporter un siège devant la porte.

Je refusai et m'assis sur la pierre qui faisait au dehors pendant à celle que mon hôte occupait lui-même.

Comme s'ils eussent compris la joie du Païen, l'enfant et le chien couraient autour de nous : l'un frappant ses mains l'une contre l'autre avec un rire de bonheur, l'autre jappant d'une façon bien différente de celle avec laquelle il m'avait d'abord accueilli. Puis, sur un signe de leur maître et ami, ils allèrent s'asseoir tous deux à quelques pas de nous, et restèrent immobiles et silencieux, les yeux allant de l'un à l'autre avec une égale expression de tendresse et de gratitude.

Après avoir causé quelque temps avec le Païen de son industrie et de ses produits et de sa vie en ce lieu, j'en vins à lui demander l'histoire de son passé, et voici ce qu'il me raconta :

II

« Je suis de Commana, vers les montagnes de Cornouailles. Ma mère était restée veuve quand je n'avais encore que dix-huit ans, et, comme l'aîné de trois frères que nous étions, j'avais la direction de la ferme. Exempté du tirage au sort par ma triste qualité de fils aîné d'une veuve, ma mère m'engageait à me marier. C'était assez mon idée ; mais quoiqu'il ne manque pas dans notre pays de filles ayant de la beauté et du bien, je n'en voyais aucune qui me donnât le désir de l'associer à ma vie. J'avais comme un pressentiment que le hasard me ferait rencontrer à son jour celle que Dieu m'avait destinée.

» Je venais d'avoir vingt ans, lorsque j'allai, une année, avec des gens de chez nous qui avaient fait un vœu, au pardon de Saint-Jean-du-Doigt, au pays de Tréguier. Il y avait là bien du monde, hommes et femmes malades, attirés par la réputation du saint, et aussi bon nombre de jeunes garçons bien portants comme moi, et de jeunes filles ayant plus le cœur à la danse qu'à la maladie ou à la dévotion. Pour moi, je dois l'avouer, j'allais plus volontiers vers les groupes où se trouvaient les jeunes filles rieuses que vers la fontaine et l'autel où se pressaient les infirmes.

» J'en remarquai bientôt une qui me fit oublier toutes les autres. Elle portait le costume de Taulé; et elle le portait si bien; il y avait tant de douceur et de bonne humeur sur son visage; tant de légèreté et de grâce dans sa démarche; elle accueillait les gens avec un si avenant sourire, que bientôt les garçons, qu'ils vinssent de Tréguier, de Kerné ou de Vannes, faisaient cercle autour d'elle pour obtenir une danse ou pour lui faire accepter des noix ou des rubans.

» Je m'avançai aussi vers elle; mais en voyant les autres si hardis à lui parler, je me trouvai encore plus timide, me contentant de la regarder et de l'admirer. Pourtant, à un moment où quatre danseurs se disputaient sa main pour le *passe-pied*, dont les sonneurs venaient de donner le signal, elle les écarta tout à coup, et, s'approchant de moi et me prenant par la main, elle dit aux autres qui me regardaient avec surprise :

» — Vous êtes des gens trop savants pour une pauvre fille comme moi, et le recteur de ma paroisse m'a dit de me défier des belles paroles. Aussi, pour ne pas faire de jaloux entre vous, je veux prendre cette fois ce beau Kernénote qui n'a encore rien dit.

» Je ne fus pas moins surprise que les autres de cette préférence que je n'aurais jamais osé lui demander, et ce fut avec autant de fierté qu'ils montraient de dépit que je la conduisis à la danse. J'étais trop ému pour être bien éloquent; mais elle me parla si amicalement que je me trouvai bientôt avec elle aussi à l'aise que si je l'avais connue depuis mon baptême.

» Nous dansâmes souvent ensemble pendant la journée; je lui fis accepter quelques-uns de ces menus objets que les merciers et les quincailliers de Morlaix et de Lannion viennent vendre dans les pardons. Mais, lorsque arrêtés devant une boutique où l'on voyait des croix et des bagues, et remarquant les regards de naïf désir que Maharite y jetait, je voulus lui acheter une bague d'argent, elle refusa et me dit en riant :

» — Oh ! non, je ne veux pas. Une bague exige un cœur en échange. C'est trop cher.

» — Quoique le vôtre soit d'or, lui dis-je, et que le mien soit à peine de cuivre, si je l'ajoutais à la bague, est-ce que vous refuseriez encore le marché ?

» — Plus tard, je ne dis pas, répondit-elle, moitié riant, moitié sérieuse; mais maintenant mon cœur est placé, assez mal, il est vrai, et à intérêts qui ne me seront jamais payés; mais encore faudrait-il le temps de le dégager.

» — J'attendrai, ajoutai-je, charmé en lui passant la bague au doigt.

» Je m'étais engagé envers elle, sans y songer, sans réfléchir. Mais elle attirait si puissamment mon cœur que je ne prévoyais pas devoir jamais m'en repentir, et ma seule crainte était qu'elle n'eût vu qu'un jeu dans ce que, pour ma part, j'avais pris si sérieusement.

» Comme le pardon finissait, et que chacun songeait au retour, sans nous être concertés, nous fîmes en sorte, chacun de son côté, que les gens avec qui nous étions venus partissent à la même heure et par le même chemin, à eux pour gagner la côte de Léon, à nous pour aller aux montagnes, passait par Morlaix, nous fîmes route jusque-là sans nous séparer. Quand, arrivés au *Pavé neuf*, il fallut pourtant nous quitter, elle me dit en riant :

» — Adieu, mon serviteur, nous avons été assez fous pendant ce temps de folie, mais voici le moment où il faut devenir sages. En nous engageant l'un à l'autre nous n'avons pas pensé que nous habitions des pays différents, vous à la montagne, moi à la grève, et moi je veux rester et mourir dans la paroisse où je suis née.

» — Si vous ne voulez pas venir habiter dans nos hautes bruyères, il faudra donc que ce soit moi qui vous suive à la côte, lui dis-je sérieusement.

» — Venez donc quand vous voudrez, puisque vous avez réponse à tout, répondit-elle. Vous me trouverez alors comme aujourd'hui.

» Maharite m'avait tellement captivé pendant cette journée que nous avions passée ensemble, mon cœur s'était trouvé tout de suite si fortement attiré vers elle, que ce nefut qu'une fois revenu chez ma mère, que je me mis à examiner les obstacles qui s'opposaient à notre réunion. Outre la nécessité toujours cruelle pour nous autres de changer de pays, il me fallait abandonner la ferme de ma mère dont j'étais le chef, et quand elle espérait, en me voyant me marier, avoir quelqu'un de plus pour l'aider dans les soins du ménage, lui retirer au contraire celui de ses fils sur lequel elle comptait le plus pour soutenir sa maison.

» Puis, je ne savais rien de cette jeune fille, sinon qu'elle était jolie et élégante dans sa parure, et ce sont là des choses qui doivent faire réfléchir quand il s'agit de se mettre en ménage. De loin, je trouvais qu'elle avait montré un peu de coquetterie, et je me demandais si elle n'aurait pas agi de la même façon avec un autre qu'avec moi ?

» Ces pensées étaient sages, mais que peut la sagesse contre l'amour ? J'avais beau chercher à n'y plus penser et à trouver dans la paroisse même la ferme de ma mère qui me convînt; je ne pouvais réussir ni à la remplacer ni à l'oublier. Je n'avais plus de courage au travail ni de goût à la nourriture, et ma mère et mes frères se demandaient ce qui avait pu me changer ainsi, depuis le pèlerinage de Saint-Jean, moi si rude au travail et si grand mangeur jusque-là.

» Un jour, un jeune homme de chez nous qui revenait de Morlaix, me dit :

» — J'ai rencontré au dernier marché une belle fille du Léon, qui s'est informée de toi. Elle était surprise de ne t'avoir pas rencontré là, et les gens de chez elle attendent, dit-elle, ta visite. Pour moi, j'avoue que si une aussi belle fille m'invitait aussi gracieusement, je n'aurais pas le courage de me faire prier.

» Quoiqu'il ne sût pas le nom de cette fille, je n'eus pas de peine, d'après ce qu'il m'en dit, à reconnaître Maharite. J'avais essayé pour l'oublier de me persuader que tout ce qui s'était passé entre nous n'était pas sérieux, et qu'elle ne pensait plus à moi. Mais en apprenant que je m'étais trompé sur ce point, je cessai de résister à ma destinée qui m'entraînait vers elle, et, allant trouver ma mère, je lui fis part du projet que j'avais d'aller m'établir à Taulé.

» Tout ce qu'elle put me dire pour me dissuader de prendre ce parti, fut inutile. Ses représentations sur la manière imprudente dont je m'engageais envers une fille que je ne connaissais pas; ses conseils sur le peu de bonheur que l'on trouve généralement à quitter son pays; ses reproches sur mon ingratitude de l'abandonner ainsi, dans son veuvage, avec deux autres garçons trop jeunes pour me remplacer; je trouvai réponse à tout, et je me bornai à répéter que j'aimais cette fille et que c'était mon sort de l'épouser, dussé-je être toujours malheureux.

» Ma mère se rendit enfin, vaincue plutôt par mon obstination que par mes raisonnements. Elle secouait toujours la tête et disait qu'il ne pouvait pas y avoir de bonheur pour celui qui agissait ainsi. Elle me compta ce qui me revenait de mon père, et je partis un jour, le cœur trop occupé de ce que j'allais chercher, pour songer longtemps à ce que je quittais.

» Maharite me reçut, me sembla-t-il, avec plus de surprise que de joie.

» — Je ne comptais presque plus vous voir, me dit-elle sans se déranger lorsque j'entrai dans la ferme.

» Elle était occupée à examiner les ballots ouverts d'un de ces colporteurs qui courent les campagnes. Celui-ci, sans me rendre le salut que je lui faisais en entrant, continuait à exhiber sa marchandise en excitant par des paroles mielleuses la coquetterie naturelle de la jeune fille.

» — Vous m'aviez demandé le temps de dégager votre cœur, répondis-je. Moi aussi j'ai eu à dégager le mien, et maintenant que je suis libre, je viens vous rappeler votre promesse. Je suis à vous, voulez-vous être à moi?

» — Voilà un garçon qui va rondement en besogne, dit le colporteur en regardant d'une manière moqueuse Maharite qui rougissait. Je ne puis pas entrer en lutte avec lui pour conclure une affaire, et je ferai mieux, je crois, d'y renoncer pour aujourd'hui.

» — Et il se mit à replacer dans son ballot les objets qu'il en avait retirés et qui étaient épars sur les bahuts et sur la table. Mais en voyant le regard de regret que Maharite jetait sur toutes ces choses, je ne pus résister au désir de lui offrir quelques cadeaux qui ne pouvaient que l'engager davantage envers moi. Au prix que me demandait le marchand d'un petit miroir, dont Maharite semblait surtout avoir envie, elle se récria et lui fit observer qu'il venait de le lui faire bien meilleur marché.

» — Le plaisir que l'on fait à une jolie fille, répondit-il en la regardant d'une façon particulière, vaut bien un petit rabais que l'on n'a aucune raison de faire à son amoureux.

» Maharite rougit. Tout au plaisir que je lui causais en lui offrant ce qui la charmait tant, je ne remarquai alors ni l'espèce d'intelligence qui semblait exister entre elle et le colporteur, ni l'instinct de coquetterie qui lui faisait accepter mes dons, sans se demander si les dépenses qu'elle me causait n'étaient pas plus en raison de mon amour que de ma fortune.

» Je ne vous dirai pas comment, après le départ du marchand, Maharite me présenta à ses parents; comment, après que j'eus témoigné l'intention de m'établir dans le pays, je fus admis comme prétendant; comment, malgré les remontrances de ma mère qui était venue faire l'accord, sur le trop grand goût de Maharite pour la toilette et la danse, je persistai dans mon idée, ni enfin comment je l'épousai six mois après et allai, heureux et fier, m'établir avec elle dans une ferme que j'avais prise à location, et se trouvant sur le bord de la route de Morlaix à Saint-Pol, devint bientôt une auberge, où la gentillesse de ma femme attira les Roscovites en voyage et les piétons.

» Tandis qu'elle servait à boire, je m'occupais des travaux des champs. Je fus heureux pendant six mois ; mes affaires allaient assez bien, et Maharite m'aimait comme j'avais souhaité être aimé. Dire qu'elle n'aimait pas un peu aussi les pardons et les coiffes brodées, ce serait mentir; mais elle était si jeune, elle avait l'air de tant s'amuser, et la parure la rendait si jolie, que je n'avais pas le courage de lui en vouloir, d'autant mieux que les produits de la ferme et de l'auberge étaient plus que suffisants pour me permettre de satisfaire ses fantaisies.

» Le colporteur passait souvent, et chaque fois Maharite lui faisait de nombreuses emplettes. Quelquefois, en lui voyant des choses si belles et si riches, je faisais à ma femme des observations sur leur valeur présumée qui ne me semblait pas devoir s'accorder avec nos moyens; mais elle me disait toujours des prix si raisonnables que, sans comprendre comment le marchand pouvait y gagner, je n'avais plus rien à dire.

Je n'aimais pas cet homme. Il avait l'air faux et méchant, et il entretenait par ses belles paroles le goût de Maharite pour la parure. Puis il me semblait souvent lorsque j'entrais dans la maison, en revenant des champs et que je le trouvais là, qu'il changeait toujours de conversation, comme s'il eût craint que j'entendisse ce qu'il disait avant mon arrivée. J'avais été sur le point d'interroger Maharite quelquefois, l'ayant trouvée très-troublée; mais comme il eût été une offense, attendu que je n'avais aucun motif de le soupçonner, je me taisais, me fiant à elle.

» Un jour, après un incendie qui avait ruiné un fermier de la paroisse, un monsieur de la ville vint me proposer d'assurer ce que je possédais. J'acceptai, et, quelque temps après, il vint me faire signer un papier par lequel j'aurais droit de me faire payer ce que j'aurais perdu si le feu prenait chez moi, et, de plus, de ne pouvoir être inquiété par le propriétaire de la ferme.

» Le colporteur se trouvait là au moment où je signais le papier. Quelques jours après, en revenant de Saint-Pol où il était allé, il arriva vers le soir, disant qu'il était trop fatigué pour continuer sa route et demanda à coucher. Le lendemain, en revenant des champs, je sus par Maharite qu'il était parti dans la journée pour faire une tournée dans les fermes et les châteaux du voisinage, et qu'il avait laissé dans la chambre d'en haut un ballot plein de marchandises dont il n'avait pas besoin et qu'il devait reprendre à son retour.

» Après notre souper, comme il restait encore une heure de jour, je me mis à descendre de la grange, et à charger sur ma charrette, du blé que je devais porter le lendemain au marché. Je m'étais couché fatigué, et je dormais profondément, lorsque je fus éveillé par une fumée épaisse qui régnait dans la chambre où nous étions. Je me levai et courus à la porte. Dès que je l'eus ouverte, l'air en pénétrant transforma la fumée en flammes, l'auberge brûlait !

» Je me hâtai de courir à Maharite, et l'emportai tout endormie. Puis, je revins et réussis à sauver de l'armoire le peu d'argent que nous possédions. Lors même que j'y eusse pensé, il n'y aurait pas eu moyen de monter dans la chambre où se trouvait le ballot du colporteur. Je me hâtai donc d'ouvrir l'étable, et, aidé de Maharite, qui pleurait et criait, d'en faire sortir nos bestiaux et d'éloigner la charrette que j'avais chargée la veille.

» Le feu s'élevait à la fois de la maison, de la grange,

et d'un tas de blé dans l'aire, quoiqu'ils ne fussent pas trop rapprochés l'un de l'autre. Dans cet endroit isolé, il n'y avait pas moyen d'avoir de secours. Nous regardions donc avec désespoir brûler tout cela, Maharite et moi, lorsqu'un homme accourut dans la nuit. C'était le colporteur. Comment il se trouvait par là à cette heure, lorsqu'il ne devait revenir que dans quelques jours? je ne l'ai jamais compris. Il me demanda où étaient son ballot et ses marchandises.

» — Hélas! répondis-je, il n'eût pas été possible de les sauver, lors même que j'y aurais pensé. Quand je me suis éveillé, le haut de la maison était en flammes, et j'ai eu à peine le temps d'éloigner quelques objets qui se trouvaient dans la chambre du bas ou dans l'aire.

» — Ah! dit-il, c'est commode, quand on est assuré. On peut mettre le feu à sa maison, et souvent on y gagne, quand on a pris la précaution de placer à l'écart une partie de ce que l'on avait et même de ce qui appartient aux autres. Mais ça ne s'arrange pas comme ça. Il y a une justice dans le pays, et je saurai m'adresser à elle pour qu'on me rende ce qui est à moi.

» — Allez donc la chercher, lui dis-je avec colère, sans penser à ce que signifiaient au juste les paroles qu'il venait de prononcer devant quelques personnes des environs, et quelques voyageurs que le feu avait attirés. Ceux-ci, comprenant l'inutilité et l'impossibilité des secours, s'étaient rassemblés autour de nous sur la route, et regardaient comme nous l'incendie.

» — Et qui me dit que mes marchandises soient encore là? reprit le colporteur. Il est si aisé de les cacher quelque part, et de dire après que le feu que l'on a allumé peut-être soi-même, a tout brûlé.

» On commençait à murmurer autour de nous, et je compris enfin la gravité de l'accusation que portait contre moi cet homme. Je fus tellement furieux que, le saisissant par le milieu du corps, sans réfléchir, j'allais le lancer dans les flammes, si on ne me l'eût arraché.

» — Vous voyez, s'écria-t-il quand il fut délivré et en se mettant à distance; il veut encore m'assassiner après m'avoir ruiné et volé. Ce serait un bon moyen de supprimer le seul témoin de son crime. Mais je vais chercher la justice et l'on verra ce qui en arrivera.

» Je voulus encore m'élancer vers lui, mais on me retint, et dès lors il me sembla qu'on me surveillait. Etranger au pays, ayant enlevé la plus jolie fille à beaucoup de rivaux, je n'étais pas aimé. Les voisins qui arrivaient successivement et qui apprenaient dans les groupes les propos du colporteur, y croyaient plutôt par jalousie contre moi que par conviction raisonnée.

» J'avais beau aller des uns aux autres et protester de mon innocence, en demandant à chacun d'eux si par ma conduite, depuis que j'habitais la paroisse, j'avais jamais donné lieu de me croire coupable d'un crime, ils se contentaient de branler la tête en disant : « La justice verra bien. »

» L'assureur arriva, et ayant entendu les accusations auxquelles il n'était que trop disposé à ajouter foi, par suite du peu de temps qui s'était écoulé entre mon assurance et l'incendie, il pria ceux qui étaient là de me surveiller d'assez près pour qu'il ne me fût pas permis de m'éloigner.

» Je n'y songeais pas : Je me sentais si bien innocent!

» Nous restâmes ainsi jusqu'au jour. Tout à coup de grands cris se firent entendre sur la route du côté de Morlaix, et je vis arriver une voiture dans laquelle se trouvaient un juge, son greffier et le colporteur. Des gendarmes l'accompagnaient.

» Quand le colporteur fut arrivé au milieu de la foule, il parla à plusieurs personnes, et tout le monde se retourna vers moi avec des murmures. Les gendarmes s'avancèrent et me saisirent. Puis, ils se mirent à faire des recherches dans les environs, et, enfin, conduits par le colporteur et entourés de la foule, ils s'arrêtèrent au coin d'une pièce de trèfle, où je vis, avec surprise, que la terre avait été fraîchement remuée.

» On fouilla, et l'on trouva une grande quantité d'étoffes et de menus objets, tels que ceux que vendait le colporteur. Celui-ci poussa un cri de joie, et, me montrant ces choses à mesure qu'on les retirait, il riait méchamment. Mais quand on découvrit, parmi ces objets, une boîte d'allumettes, personne ne douta plus de mon crime : j'avais mis moi-même le feu à ma maison pour cacher les traces du vol.

» On me ramena au milieu des cris et des huées, près de l'auberge. Maharite qui, pendant tout ce temps, était restée assise au bord de la route, la tête entre ses mains et pleurait sur un des meubles sauvés, Maharite, en nous entendant revenir, leva la tête. Elle rencontra mon regard et se détourna. Ne pouvant croire qu'elle aussi se mît contre moi, je lui adressai la parole en passant auprès d'elle, et l'assurai que je ne comprenais rien à tout cela. Elle me répondit, sans lever les yeux :

» — Moi non plus, je ne comprends pas comment j'ai pu épouser un incendiaire.

» Je restai anéanti et me laissai conduire en prison. Dans tous les interrogatoires qu'on me fit subir, jusqu'au jour de mon jugement, je ne trouvai rien à répondre, sinon que Dieu qui me savait innocent, jugerait mes accusateurs et mes juges. Je fus condamné à cinq ans de galères.

» Je fis prier Maharite de venir me voir, avant que l'on m'emmenât à Brest. Elle répondit qu'elle ne voulait plus rien avoir de commun avec moi. Je priai Dieu et me soumis.

» Je ne vous raconterai pas ce que j'ai souffert, pendant quatre ans, parmi les voleurs et les assassins qui, me croyant un des leurs, ne se gênaient pas pour me parler de leurs crimes, et pour me proposer de m'associer à eux à notre sortie.

» J'étais trop malheureux pour m'occuper beaucoup de moi-même, je pensais à Maharite, à notre bonheur, et mon cœur se déchirait quand je songeais qu'elle avait ajouté foi plutôt à ceux qui m'accusaient qu'à moi-même. Puis je me demandais ce qu'elle était devenue, seule et sans ressources; car je savais combien est fort dans nos campagnes le préjugé qui fait rejaillir sur nous le crime de nos proches.

» J'obtins bientôt, par ma bonne conduite, de pouvoir travailler pour moi, et c'est là que j'ai appris l'état de vannier dont je vis maintenant. Je gagnai un peu d'argent, et mon désir était de le faire parvenir à celle que je ne pouvais m'empêcher d'aimer, malgré son abandon. Je priai le commissaire du bagne de transmettre la petite somme que j'avais amassée au curé de notre paroisse, afin qu'il pût soulager la misère de Maharite, sans qu'elle sût d'où provenaient ces dons qui, lui arrivant de ma part, l'auraient fait rougir.

» Le curé répondit qu'elle avait quitté la commune, peu de temps après ma condamnation, et que depuis on n'en avait plus entendu parler.

» Ce fut pour moi un coup terrible. Penser qu'elle était errante par les chemins, mendiant peut-être, et peut-être aussi, elle était si jeune, et si jolie, cherchant dans le désordre un refuge contre ceux qui la repoussaient, pour une faute qui, même en supposant que je fusse coupable, n'était pas la sienne. L'idée que je l'avais réduite à un pareil sort, me causait autant de remords que si j'avais réellement commis le crime que l'on me faisait si cruellement expier.

» Enfin, le jour de ma délivrance arriva. En considération de la manière dont je me conduisais, on abrégea d'un an ma peine. Je partis immédiatement pour Taulé, où j'avais obtenu de fixer ma résidence. J'allai aussitôt chez le maire m'informer de Maharite, on me confirma ce qui m'avait été écrit à Brest.

» Le chagrin m'avait tellement changé que personne ne me reconnut d'abord dans le bourg. Mais lorsqu'on sut enfin qui j'étais, chacun se détourna de moi. Les femmes m'adressaient des injures, les enfants me jetaient des pierres. Quand j'entrais à l'église, le vide se faisait autour de ma place. Je ne dis rien et m'éloignai.

» Mais je ne pouvais me résoudre à quitter tout à fait le pays où j'avais été si peu de temps, mais si complètement heureux. Je vins donc dans cette lande déserte, et l'idée me prit de me bâtir une cabane, en face de la mer, sous le regard de Dieu qui, lui au moins, lisait dans ma conscience. J'avais, au bagne, perdu un peu de l'insouciance du paysan breton. Après avoir bâti cette maison, j'essayai de l'orner de mon mieux. En passant auprès des maisons des bourgeois, je pris souvent, parmi les mauvaises herbes que l'on jetait par-dessus les murs, les arbustes et les fleurs que vous voyez ici. On m'accusait de les voler.

» Je m'allais vers les champs que la nuit, pour rôder autour de mon ancienne demeure qui avait été rebâtie. Un autre l'occupait. Je parcourais les terres que j'avais labourées autrefois, je les aimais, et quand j'y voyais un caillou ou une mauvaise herbe, je ne pouvais m'empêcher de l'enlever.

» En m'approchant de la maison, j'entendais la voix d'une jeune femme, et celle de petits enfants. Hélas! c'eût été ainsi chez moi, sans doute, sans le sort qui avait détruit si vite mon bonheur. Bien souvent, il m'arriva de m'asseoir dans l'aire et de pleurer, en demandant à Dieu pourquoi il m'avait si cruellement éprouvé, et par qui avait été commis le crime que j'avais dû expier?

» Pourtant, ces courses de nuit, les pauvres ornements que j'avais ajoutés à ma demeure, donnèrent lieu, encore, à de nouvelles persécutions. Chaque fois qu'un vol était commis dans les champs ou dans les fermes, c'était toujours moi que l'on accusait. Je fus donc forcé de me retirer de plus en plus dans ma solitude, me bornant à aller à la ville vendre mes cages et mes paniers. Là, du moins, je n'étais pas connu et l'on ne me poursuivait pas comme une bête fauve.

» Enfin, voyant que les hommes me repoussaient, et ayant besoin d'aimer quelqu'un ou quelque chose, je cherchai la compagnie des autres créatures de Dieu qui ne repoussent pas ceux qui les aiment. Depuis, j'ai vécu ici avec mes oiseaux. Ce chien, je le rencontrai un jour tout sanglant et épuisé. On avait dû le poursuivre et le frapper, sans doute à cause de sa mauvaise mine. Je l'emmenai ici et le soignai, et, quand il fut guéri, il ne voulut plus me quitter.

» Ce pauvre être, sans raison, m'a pris en amitié depuis le moment où je l'ai retiré des mains des enfants qui s'amusaient à le harceler et à rire de lui. Il vient tous les jours me voir, et nous vivons tous ainsi, nous qu'on repousse, nous aimant entre nous, et attendant que Dieu nous fasse la justice que les hommes nous ont refusée. »

III

Depuis que le *Païen* parlait d'eux, reprit le vieux curé, après un moment de silence, le chien et l'idiot qui, pendant son récit, étaient restés immobiles à leur place, s'étaient levés ensemble, et s'étaient rapprochés peu à peu, en témoignant leur joie par des signes non équivoques. L'enfant sautait avec de petits cris doux et plaintifs; il vint porter à son ami, comme il eût fait d'un don précieux, la gaule de bourdaine encore garnie de feuilles, avec laquelle il jouait. Le chien réfugié entre les jambes du *Païen*, avait posé sa grosse tête velue sur ses genoux, et le regardait avec une expression de tendresse infinie.

Je contemplais cette scène avec émotion. Il y avait dans le récit de cet homme, un ton de sincérité et de résignation irrésistibles. Cette douceur pour les faibles et les opprimés, l'absence absolue d'amertume dans sa parole, en parlant même de ceux qui, selon lui, l'avaient condamné, quoiqu'il fût innocent; tout en lui attirait, et rien ne faisait douter de lui. Était-ce donc là un martyr de la vengeance des jaloux, une victime des erreurs de la justice humaine? J'étais effrayé en pensant ce qu'il avait dû souffrir, et à la vertu qu'il avait fallu à cet ignorant, pour résister aux excitations à la révolte que l'injustice éveille dans le cœur de l'homme.

Je revis souvent le *Païen*, et le priai plusieurs fois de me redire sa triste histoire. Jamais il ne varia dans la moindre circonstance, et je finis par douter réellement de sa culpabilité. Je m'informai, dans la paroisse, de ce colporteur qui avait joué un des principaux rôles dans ce drame. On me dit qu'il avait cessé de venir dans le pays, et que sa dernière tournée remontait à l'époque où Maharite avait disparu, peu de temps après la condamnation de son mari. Cette coïncidence me frappa, et il me sembla que j'étais sur la trace d'un mystère d'iniquité dont il était de mon devoir de soulever le voile, au nom de la morale et de la religion.

Pourtant, ne voulant pas agir légèrement, je ne pus donner le motif de mes démarches pour découvrir le colporteur, et l'administration, ne comprenant pas l'intérêt que j'y attachait, n'agit pas, je crois, bien activement.

Pendant ce temps, sans rien dire au païen, ni de mes doutes sur son crime, ni des efforts que je tentais pour les éclaircir, je revenais souvent à sa cabane. Il m'y accueillait toujours avec une respectueuse reconnaissance. Je causais longuement avec lui: le malheur, la solitude, le contact forcé avec des êtres dépravés, mais dont plusieurs étaient très-intelligents, avaient singulièrement élevé l'esprit de cet homme. Il avait acquis, ou plutôt avait développé des instincts merveilleux de poésie, et, s'il ne pouvait expliquer la nature, il en comprenait au moins les intimes merveilles, qui conduisaient son cœur plus que son intelligence à l'idée de leur auteur. Bien souvent, assis près de lui, à la porte de sa maison, les yeux perdus sur la mer étincelante des rayons du couchant, j'écoutais cet ignorant me parler de la terre, du ciel et de Dieu, avec une éloquence rustique à laquelle les recherches de la science et du langage sauraient difficilement atteindre. Une sorte d'intuition lui révélait les mystères que nous cherchons en vain à pénétrer au moyen de notre analyse raisonneuse. Moi, homme de Dieu, j'appris beaucoup de ce rebut des hommes. Innocent ou coupable, il pratiquait la charité divine, et plus d'une fois, entré chez lui avec des dispositions à me montrer sévère pour ceux qui étaient confiés à ma garde, j'en suis sorti adouci, et plus enclin à l'indulgence et au pardon qu'à la rigueur.

Malgré l'insuccès de mes démarches pour arriver à une connaissance exacte de la moralité antérieure du *Païen*, je me plaisais donc de plus en plus à penser qu'il ne pouvait être coupable, et si je déplorais l'erreur qui avait brisé la vie de cet homme, je ne pouvais me défendre d'admirer le spectacle qu'offrait le martyre de ce juste.

Le chien et l'idiot, en me voyant si bien accueilli par le *Païen*, m'avaient pris en affection, et se livraient, quand j'arrivais, à des démonstrations de joie, dont il eût été impossible de suspecter la sincérité. Ces trois êtres séparés du monde avaient tellement assimilé leurs âmes, que tout était devenu commun entre eux, la joie comme la douleur, l'affection comme la crainte. Je n'ai jamais vu les hommes les plus intelligents se communiquer les uns aux autres, et se comprendre par un geste ou par un regard, aussi facilement que ces pauvres créatures se révélaient leurs sentiments et leurs idées.

Malgré l'apparente sérénité du *Païen*, il était facile de s'apercevoir que cette âme stoïque soutenait en silence une lutte incessante. D'après les mots et les exclamations qui lui échappaient souvent, je sus bientôt qu'il souffrait moins encore de sa propre épreuve, si terrible qu'elle fût à une âme pure qui se sentait méconnue, que du souvenir de celle qui, associée quelques jours à son bonheur, avait été entraînée dans sa perte.

L'image de Maharite semblait toujours être présente à sa pensée, mais elle se montrait à lui plutôt sous les horribles traits de la misère et du vice, qu'avec l'auréole de jeunesse et de beauté qu'elle avait autrefois. Oublieux des défauts de celle qu'il avait aimée, et de son abandon aux jours de l'épreuve, il ne se préoccupait que du sort qu'elle subissait alors.

— Si encore j'étais sûr qu'elle est heureuse, me disait-il souvent, je ne me plaindrais pas qu'elle puisse l'être sans moi.

Un soir, en revenant de la côte, je rencontrai dans le chemin une femme étendue sur le bord du fossé. Je m'approchai pour la relever, mais elle ne pouvait pas marcher, et ne répondait à mes questions que par des plaintes et des sanglots. Je courus à la cabane du *Païen* qui était proche, et le priai de venir m'aider à transporter cette femme jusque chez lui.

Toujours prêt à secourir les autres, lui que tout le monde traitait durement, il me suivit, et, ayant retrouvé cette pauvre créature à la place où je l'avais laissée, nous la prîmes, et, sans qu'elle prononçât un mot, nous la portâmes dans la maison. Après l'avoir déposée sur le lit, et voyant que le *Païen* se disposait à éclairer le logis, je lui dis de me laisser ce soin, et de courir chercher un médecin.

Il sortit. Le médecin ne demeurait pas fort loin, et pendant qu'il allait de ce côté, j'allumai la maigre résine qui était en permanence dans un coin de l'âtre, et m'approchant du lit, j'examinai celle qui y reposait.

C'était une femme jeune encore et qui avait dû être belle, autant que les traces de souffrance qui ravageaient son visage, et les haillons qui la recouvraient, permettaient de le reconnaître. Bien que, dans ma rencontre avec elle, je l'eusse entendue prononcer quelques mots bretons, elle ne portait pas le costume du pays.

Je ne sais quel pressentiment s'empara de moi à l'aspect de cette femme, et dès que je l'eus vue, je ne pus en détacher mes regards.

Je restai quelques temps à la contempler.

Cependant, la clarté de la résine, peut-être aussi son sang qui commençait à se réchauffer, ne tardèrent pas à la rappeler à elle-même, et elle finit par s'ouvrir les yeux.

Un profond étonnement se manifesta alors dans toute sa physionomie, et elle se prit à trembler de tous ses membres, et à baisser les yeux et à rougir.

Mais cet état dura peu, car presqu'au même moment un bruit se fit entendre au dehors, et le *Païen* rentra essoufflé, et comme dominé lui-même par un pressentiment égal au mien.

— Le médecin arrive ! dit-il d'une voix entrecoupée il me suit. — Je n'ai pas eu la patience de l'attendre. — Je voulais voir, — et —

Il n'acheva pas.

Son regard venait de s'arrêter sur la jeune femme, et aussitôt, sans ajouter un mot de plus, il se laissa tomber à genoux auprès du grabat.

— Mon Dieu ! mon Dieu ! s'écria la pauvre femme en se relevant à demi, est-ce un revenant ! est-ce lui ! — Ah ! Dieu soit béni, alors, car avant de mourir, peut-être voudra-t-il que j'emporte son pardon !

Pour toute réponse, le *Païen* se précipita sur le grabat, et le visage baigné de larmes, il saisit la main de la pauvre Maharite.

Celle-ci fit un cri de joie, entoura de ses bras décharnés le cou de celui qui se penchait vers elle, et perdit entièrement connaissance. Le médecin qui était entré en ce moment, posa alors la main sur son cœur, et au bout d'une minute, pendant laquelle j'interrogeais avec inquiétude sa figure impassible, il dit à haute voix :

« Cette femme est morte ! »

La pauvre Maharite avait expié bien cruellement la faute de sa coquetterie.

Réduite à la plus affreuse misère à la suite de l'incendie et de la condamnation de son mari, elle avait fini par céder aux obsessions du colporteur, dont elle ne connaissait pas encore le crime.

Puis un jour, jour d'ivresse et de brutalité, le misérable l'avait frappée en la chassant de chez lui ; elle venait d'apprendre que son mari, qu'elle avait laissé accuser, était innocent, et qu'il restait seul, sans ressource, ne sachant à quelle pitié s'adresser.

Alors, elle pensa à celui qui l'avait tant aimée, et qui avait dû tant souffrir pour elle... Déchirée de remords, brisée par le repentir, elle voulut aller implorer son pardon et l'arracher à l'ignominie dont on l'avait injustement frappé.

Elle partit. Elle marcha jour et nuit, pieds nus, tête nue, sous la pluie, le vent, le soleil, se nourrissant de ce qu'elle trouvait, ne se reposant jamais.

Quand elle arriva, elle était épuisée... mourante... mais elle devait trouver le pardon au bout de la route, et cela suffit à consoler sa dernière heure.

Je l'enterrai le lendemain dans le cimetière du village.

Dans une allocution à mes paroissiens, je leur fis pressentir que celle qui était là, sous la terre, et celui qui se tenait à genoux au bord de cette fosse, étaient deux victimes de ce monde. On ne comprit pas beaucoup, et je n'en pouvais dire davantage, avant d'avoir tenté de faire rendre justice publique au survivant.

Dès le lendemain, j'écrivis au procureur du roi de Dinan, afin de lui signaler le colporteur. Le magistrat répondit que cet homme avait été arrêté peu de jours auparavant sous la prévention de vol ; mais qu'on l'avait, le lendemain, trouvé pendu dans sa prison. Supposant peut-être que Maharite était allée le dénoncer, il s'était fait justice lui même.

Je n'en poursuivis pas moins mes démarches pour la réhabilitation du Païen. Mais je ne tardai pas à m'apercevoir qu'il avait mis sa confiance et son espoir dans une justice moins sujette à l'erreur que celle des hommes, et qu'il irait bientôt la réclamer.

Insensible à toutes les marques d'intérêt que mes demi-confidences dans la commune lui attirèrent, de la part de ceux mêmes qui lui avaient été le plus hostiles, soumis comme un enfant à mes enseignements, il n'en était pas moins rongé par une douleur incurable. A tout ce que je lui disais pour relever son courage, il me répondait invariablement :

« Dieu est juste ! j'ai méprisé les conseils de ma mère ! »

Trois mois après, il s'éteignit un jour, sans une maladie, sans souffrance physique, sans une plainte, entre l'idiot, le chien et moi. Comme si rien ne devait survivre au *Païen* de ceux qui avaient été ses amis, au jour où tous le fuyaient l'enfant tomba peu de temps après dans la mer et s'y noya. Le chien, devenu presque sauvage, fut tué par un paysan qui avait voulu s'approcher de trop près de la cabane vide, dont le pauvre animal continuait à défendre le seuil. Telle est, dit en terminant le curé, la triste histoire du pauvre *Païen*. Pour ne pas céder à la tentation de maudire les hommes dans leur méchanceté et dans leurs erreurs, il faut se souvenir du pardon tombé des lèvres mourantes de l'innocent condamné, et répéter sans cesse avec lui :

Dieu est juste !

ETHEL VAN DICK

I

LES HOTES INCONNUS

A quelques lieues de Savenay, sur la route de Nantes, s'élevait, à l'époque où nous plaçons les événements que nous allons essayer de raconter, une vieille et misérable taverne qui passait depuis longtemps dans le pays pour être ort mal hantée. Nul n'eût pu dire qu'il en connût précisément le propriétaire, et pourtant la taverne n'était jamais inhabitée. Chaque soir, au contraire, vers minuit, on eût pu distinguer, à travers les fentes des volets mal joints, la clarté vacillante d'une lampe ; et quiconque se fût arrêté un instant, n'eût pas été longtemps sans entendre le refrain de quelque chanson bachique, mêlé au choc des verres et au bruit des brocs sur les tables de chêne.

Lorsqu'un vol considérable avait été commis dans les environs, ou bien encore, lorsque la rumeur publique venait dénoncer à l'indignation de tous quelque meurtre audacieux, la taverne devenait tout à coup silencieuse pendant quelques jours, les lumières s'éteignaient, les bruits se taisaient ; on eût dit que la mort avait passé par là, emportant avec elle toute cette vie factice, tout ce mouvement éphémère ; mais, une fois les rumeurs apaisées, le meurtre oublié, la taverne ne tardait pas à reprendre ses allures habituelles, les chansons s'épanouissaient de nouveau, et les verres et les brocs reparaissaient sur les tables entourées de joyeux et insouciants buveurs.

La taverne n'avait qu'un étage et se composait de deux chambres au rez-de-chaussée et de deux chambres au premier : des tables, des chaises, quelques meubles à moitié vermoulus étaient les seuls ornements de cette demeure qui n'aurait pas même eu un lit à offrir au voyageur égaré qui serait venu demander l'hospitalité. Les deux chambres du premier étage étaient jonchées de paille fraîche, sur laquelle sans doute les convives ordinaires des festins nocturnes allaient chercher quelques heures de repos après boire.

Le 6 mars 1789, vers neuf heures du soir, un jeune cavalier, monté sur un beau cheval de race, quitta la petite ville de Savenay et se dirigea sur la route de Paris. Le temps était sombre, le vent sifflait tristement dans les bouleaux qui bordaient le chemin, quelques gouttes de pluie tombaient avec un petit bruit monotone sur la route ; le cavalier avait rabaissé son chapeau sur les yeux et ramené son manteau sur ses épaules ; il laissait son cheval poursuivre sa route au petit pas, sans l'aiguillonner de ses éperons, et ne paraissait pas s'apercevoir que la bise lui fouettait le visage, et que la pluie ruisselait sur ses vêtements.

Deux heures se passèrent ainsi.

— Cependant, au moment où il approchait de l'endroit dont nous avons parlé plus haut, le temps sembla devenir plus sombre, la pluie redoubla, et le vent se déchaîna avec une nouvelle violence plus âpre et plus désordonnée.

Le cavalier s'arrêta.

Il était près de minuit. Il avait encore plus de deux lieues

3

à faire pour arriver à l'hôtel qu'on lui avait indiqué à Savenay ; il se demanda avec inquiétude s'il lui faudrait subir, pendant un si long trajet, un temps aussi détestable, et son regard se promena un instant de tous côtés, cherchant dans l'ombre une lumière quelconque qui lui indiquât un gîte humain dans lequel il pût, sinon passer la nuit, du moins attendre que l'orage se fût apaisé.

La taverne était illuminée à l'intérieur comme chaque soir, et à travers les bruits intermittents de l'orage il crut démêler les lambeaux d'une chanson de table.

La taverne se trouvait à quelques pas, mais la nuit était épaisse et noire, et il eût été impossible de distinguer si cette habitation offrait quelque sécurité ; d'ailleurs, il n'y avait point à hésiter ; l'orage ne paraissait pas devoir s'apaiser de sitôt, et la pluie continuait à tomber avec la même intensité ; il sauta lestement à bas de son cheval, et courut frapper à la porte. Ce fut comme un coup de théâtre !

Les chants cessèrent aussitôt, et les lumières disparurent.

Le cavalier attendit quelque temps et refrappa.

Même silence et même obscurité.

Il devenait évident qu'il y avait là un parti pris, et que la porte ne s'ouvrirait point de bon gré. Il ne restait plus qu'un seul moyen, celui d'enfoncer la porte.

Après quelques minutes de réflexion, notre cavalier se mit à l'œuvre.

D'abord il attacha son cheval à la haie vive du chemin, ensuite il sortit des fontes deux petits pistolets chargés qu'il glissa dans sa ceinture, enfin il tira son épée du fourreau, et, après s'être assuré que la poignée en était solide, il s'avança vers la porte avec la plus courageuse tranquillité. On eût pu croire qu'il avait l'habitude de ces sortes d'affaires.

Cependant, comme avant d'enfoncer les portes, tout homme bien né est à peu près tenu d'en demander la permission, et que notre cavalier avait à cœur de mettre les bons procédés de son côté, il crut devoir faire une dernière sommation au maître du logis, mais cette fois de vive voix et avec la politesse d'un vrai gentilhomme.

— Holà ! tavernier, s'écria-t-il, n'as-tu pas envie de me faire passer la nuit à la belle étoile !... suppôt du diable, veux-tu ouvrir ? ou faudra-t-il que j'enfonce la porte ?

Cette dernière sommation demeura, comme les deux premières, sans réponse : alors il commença.

Le premier coup, quoique vigoureusement appliqué, glissa sur la porte mouillée par la pluie et ne produisit qu'un bruit formidable : quelque chose sembla remuer à l'intérieur.

Le second coup, plus savant, fit légèrement craquer les planches disjointes.

La lumière reparut.

Au troisième coup, le pommeau de l'épée pénétra de deux pouces à travers une fente.

On entendit distinctement quelques paroles échangées à voix basse.

Enfin, au quatrième, qui ébranla toute la taverne, l'hôtelier se décida à entrer en accommodement.

— Qui est là ? cria une voix rauque.

— Ah ! ah ! fit le cavalier satisfait du résultat et retenant le cinquième coup, il paraît que tu n'es ni sourd ni mort ; ouvre !...

— Vous faites un bruit à réveiller un pendu !

— Il y a vingt ans que tu devrais l'être, maraud ; ouvre.

La porte s'ouvrit, et le cavalier mit un pied sur le seuil, en même temps qu'il portait instinctivement la main à ses pistolets.

— Diable ! s'écria-t-il, en jetant autour de la chambre un regard rapide ; il paraît que j'ai réveillé bien du monde.

Il y avait dans la chambre cinq hommes fort mal vêtus et à mine au moins suspecte.

En ce moment la lumière, qui frappait en plein corps sur le jeune cavalier, détachait vivement sur le fond noir la silhouette élancée à laquelle la porte servait de cadre.

C'était un beau et grand jeune homme, qui pouvait avoir trente ans au plus, et dont l'allure dénotait un seigneur habitué aux bonnes façons et aux grands airs. Son pourpoint était de la dernière mode, son feutre penché coquettement sur son oreille, de longues boucles de cheveux noirs encadraient sa blanche et pure figure, et son épée retroussait gaillardement le petit manteau qui tombait de ses épaules. Son œil vif parcourut la chambre, et, avisant un siège vacant auprès du feu, il marcha droit au foyer, se débarrassa de son manteau, posa nonchalamment ses deux pistolets sur une table qui se trouvait à sa portée, et prit place au coin de la cheminée.

— Or ça, dit-il enfin quand il eut paresseusement étendu ses jambes vers la flamme, je n'ai pas envie de me remettre en route par un temps pareil ; que celui de vous qui est ici le maître se lève et vienne me parler.

L'hôtelier se rapprocha de lui.

— Mon maître, ajouta-t-il alors, as-tu une chambre à m'octroyer ?...

— Il y en a une au premier, répondit l'autre.

— Et peut-on y faire du feu ?

— Non, monseigneur.

— C'est bon ; je reste ici...

L'hôte parut l'examiner avec étonnement, il échangea un regard furtif avec les hommes qui étaient restés attablés, et garda le silence.

— As-tu entendu ? reprit bientôt après le jeune cavalier.

— J'ai entendu, mon gentilhomme.

— Alors, pourquoi restes-tu ainsi debout devant moi ?

— C'est que... cette chambre est promise.

— Qu'à cela ne tienne ; je ne suis pas difficile, je la partagerai.

L'hôte échangea un nouveau regard avec ses compagnons.

— Il n'y a qu'une difficulté, mon gentilhomme, dit-il avec un embarras visible.

— Laquelle ? fit le gentilhomme.

— Les personnes qui ont retenu cette chambre ne seront peut-être pas bien aises de la partager.

— Qu'en sais-tu ?

— Je le suppose.

— Quelles sont ces personnes ?

L'hôte tombait d'embarras en embarras, et cette position augmentait sa perplexité ; il eût bien voulu en finir d'une manière quelconque, mais le ton décidé du gentilhomme, et plus encore peut-être les deux pistolets qui reposaient sous sa main, lui imposaient jusqu'à lui ôter toute présence d'esprit.

Depuis quelques secondes cependant, une altercation assez vive s'était élevée à la table. L'un des hommes, que l'on appelait Georges, semblait vouloir prendre un parti, que ses compagnons n'étaient pas disposés à autoriser ; il en résultait un bruit de voix et de juremens qui menaçaient de devenir sérieux.

Georges quitta la table et se dirigea vers le gentilhomme ; mais celui-ci s'était déjà levé.

— Dites donc, camarades, s'écria-t-il, comptez-vous faire ce train toute la nuit : je vous avertis que j'ai envie de dormir.

— J'en suis fâché, repartit Georges d'un air goguenard.

— C'est que, poursuivit le gentilhomme sans prendre

garde à l'interruption, je n'ai pas l'habitude de sommeiller au milieu d'un pareil bruit, et s'il vous plaisait de vous tenir tranquilles, cela m'obligerait infiniment.

— Nous voulons faire du bruit, objecta Georges.

Le jeune gentilhomme le regarda avec un calme glacial, et prit un des pistolets.

— Vous n'êtes pas raisonnable, mon ami, répondit-il en jouant tranquillement avec le chien de son arme.

— Cela nous plaît ainsi... fit Georges.

— Diable! mais cela ne me plaît pas à moi!...

— Tant pis...

Le gentilhomme lança un second regard à son interlocuteur, et arma le pistolet qu'il tenait à la main.

— Vous m'avez l'air de vouloir faire le méchant, dit-il alors.

— Si je le veux, c'est que je le puis, répartit Georges.

— Hem! fit son adversaire.

— D'ailleurs, ajouta-t-il, votre compagnie ne m'est pas agréable... et...

— Et quoi?

— Et...

— Et puis?...

— Dam...

La physionomie du jeune gentilhomme avait revêtu tout à coup un caractère impérieux qui terrifia le bandit; il serra violemment le pistolet dans sa main droite, et lui désignant de la gauche la table qu'il venait de quitter :

— Écoutez-moi, monsieur Georges, lui dit-il d'un ton sec et plein d'une autorité superbe, vous voulez faire le brave, et ce rôle ne va pas à votre taille. — Vous allez retourner tranquillement à la place que vous venez de quitter... et si vous dites une parole trop haute, si vous faites un geste trop équivoque, je vous prie de vous souvenir que j'ai là deux pistolets chargés...

Et comme Georges semblait hésiter, il ajouta du même ton impérieux :

— J'ai la main sûre et le coup d'œil vif!...

Georges hésita encore un instant, puis il regagna sa place sous le feu des plaisanteries de ses compagnons. Du reste, il était temps que cette petite scène finît, car on venait d'entendre distinctement le pas d'un cheval qui s'était arrêté à la porte de la taverne.

— Ce n'est pas cela, avait dit un des bandits.

Et la petite troupe, qui d'abord s'était levée d'un mouvement unanime, venait de se rasseoir.

Presque au même instant on entendit un cavalier sauter à bas de son cheval, et venir frapper à la porte.

L'hôtelier consulta ses compagnons, et ne répondit pas.

Les coups recommencèrent.

L'hôtelier ne bougea pas davantage.

— Ils le laisseront à la porte, si je ne m'en mêle, murmura le jeune gentilhomme.

Il se leva, et se retourna vers l'hôtelier.

— Maître hôtelier, lui dit-il, vous mériteriez bien que je vous administrasse quelque bonne correction, pour vous apprendre à mieux exercer les devoirs de votre profession; cela viendra peut-être; en attendant, voyez qui est là.

L'hôtelier alla à la porte et revint peu après.

— Un homme et un cheval, répondit-il.

— C'est bien, poursuivit le gentilhomme, ouvre et fais entrer l'homme.

L'hôtelier consulta du regard ses compagnons avant d'obéir et se dirigea vers la porte qu'il ouvrit.

Un jeune homme entra.

C'était un enfant pâle, rose, et aux cheveux blonds et bouclés; il avait un bel œil bleu et intelligent, et sur son front rayonnait l'éclair d'une pensée ardente. Sa mise était simple, mais d'un goût exquis; la pluie avait mouillé son long manteau brun qui retombait raide et sans plis; il portait des bottes molles que la boue avait constellées. La cravache qu'il tenait dans sa petite main paraissait être la seule arme dont il fût muni. On eût plutôt dit une femme qu'un homme, si une charmante moustache, aux courbes gracieusement arrondies, n'avait trahi son sexe.

Cet enfant avait à peine vingt ans!... son grand œil bleu parcourut la table avec une touchante naïveté, et s'arrêta avec un éclair sur la flamme du foyer :

— L'hôtelier? demanda-t-il alors.

— C'est moi, mon jeune seigneur... répondit ce dernier.

— Prenez soin de mon cheval et préparez-moi une chambre; tenez.

Et en parlant ainsi, il lui jeta sa bourse qui paraissait bien garnie.

Mais comme l'hôtelier, bien qu'ayant accepté la bourse, ne semblait pas disposé à obéir :

— Qu'attends-tu? ajouta-t-il.

— Rien, mon gentilhomme, répondit l'hôtelier; mais j'ai une observation à vous faire...

— Laquelle? demanda l'enfant.

— C'est que je n'ai que cette chambre.

— N'est-ce que cela; avance-moi ce fauteuil, j'y dormirai les quelques heures que j'ai à passer ici.

Mais l'hôtelier n'obéissait point encore.

— Cela n'offrirait aucune difficulté, dit-il, si cette chambre n'avait déjà été retenue par Monseigneur que voici.

Et l'hôtelier désigna le gentilhomme que nous connaissons déjà et qui venait de se lever.

L'enfant s'arrêta stupéfait, se découvrit le front, et s'inclina avec la plus gracieuse courtoisie.

— Pardon, Monseigneur, dit-il aussitôt, pardon de ne point vous avoir aperçu en entrant; j'étais si heureux de trouver un gîte à l'heure qu'il est et par le temps qu'il fait...

— Votre position est la mienne, jeune homme, répondit celui à qui s'adressaient ces paroles, et je m'estimerai heureux et fort honoré, si vous voulez bien accepter l'hospitalité de rencontre que je me trouve en position de vous offrir.

Les deux jeunes gens se serrèrent la main, et s'assirent auprès du feu.

La pluie tombait toujours à torrents, le vent soufflait au dehors, il faisait une nuit affreuse.

— Combien je vous remercie, monsieur, de l'accueil bienveillant que vous avez voulu me faire, reprit le jeune homme après quelques moments de silence, en vérité je vous en suis vivement reconnaissant...

— Cela n'en vaut pas la peine.

— Seulement, je vous demanderai si nous devons passer la nuit en compagnie de ces hommes que j'ai vus en entrant.

— Je ne le crois pas!...

— Pourquoi cela?

— Regardez.

— Il n'y a plus personne!...

En effet, la petite bande venait de s'esquiver sans bruit. Les deux jeunes gens restaient seuls.

II

CONVERSATION

La nuit était fort avancée. On entendait le vent siffler au dehors; la pluie fouettait rudement les contrevents de la fenêtre, et cependant les deux jeunes gens ne paraissaient pas songer à prendre du repos.

Le plus jeune, surtout, plein d'une vivacité charmante, allait et venait par la salle, examinait toute chose avec une curiosité naïve, riant des bruits de l'orage, et frissonnant de souvenir en écoutant la pluie qui clapotait sur la pierre de la porte.

Le plus âgé suivait avec un intérêt croissant les mouvements de son camarade de nuit, et ne cherchait pas à cacher tout le plaisir qu'il éprouvait de le voir ainsi courir à travers la chambre, sans autre but que de satisfaire sa curiosité d'enfant. Ce dernier revint s'asseoir auprès de lui.

— Ma foi, s'écria t-il en se rapprochant frileusement du feu, je plains bien sincèrement ceux qui sont en voyage par ce temps-ci.

— On compatit toujours aux infortunes que l'on a partagées, répartit son compagnon.

— C'est bien vrai ce que vous dites là !

— Y a-t il longtemps que vous étiez en route quand l'orage vous a surpris ? demanda le plus âgé.

— Depuis ce matin...

— Vous avez dû faire beaucoup de chemin ?

— Mon Dieu ! non !

— Votre monture serait-elle mauvaise?

— Elle est fort bonne, au contraire.

— Alors, vous vous êtes arrêté souvent...

— Une seule fois...

— Que faisiez-vous donc ?

— Je rêvais...

Le plus âgé sourit, et regarda son interlocuteur.

— Vous avez quinze ans?... lui dit-il.

— Non, vingt ans !

— C'est l'âge des rêves dorés !

— Des rêves tristes, je vous assure...

— Et vous allez ?

— A Paris.

— A Paris ! dites-vous vrai... Comment... vous avez vingt ans, une jolie figure, une épée solide, vous portez tout cela à Paris, et vous êtes triste... Allons ! allons ! je ne vous donne pas une semaine de séjour dans la capitale, pour vous dépouiller entièrement à tout jamais de ce voile importun, qu'une préoccupation fatale jette en ce moment sur votre front.

L'enfant regardait son interlocuteur; son œil brilla d'un éclair soudain et rapide.

— Quel âge avez-vous, monsieur ? demanda-t-il en l'entourant curieusement de ses regards étonnés.

— Trente ans, mon gentilhomme.

— Trente ans !... et vous allez?...

— A Paris.

— Comme moi...

— Oui, mais nous n'avons probablement pas le même but.

— Qu'en savez-vous ?

— Je m'en doute.

L'enfant prenait un singulier plaisir à la parole de son compagnon, et ne se lassait pas de l'interroger ou de le regarder; il poursuivit:

— Après tout, dit-il, vous pourriez avoir raison... moi, j'ai peu d'ambition, d'abord...

— Cela vous viendra à Paris.

— J'y porte un nom inconnu...

— Vous l'y ferez connaître...

— Je n'ai presque pas de fortune.

— Tout gentilhomme porte la sienne au bout de son épée... Paris, voyez-vous, jeune homme, continua-t-il avec une sorte d'enthousiasme, Paris ! c'est l'enfer et le paradis réunis, la foule et le désert, le bruit et le silence ! toutes les excitations du luxe et de la richesse, toutes les luttes,

tous les désespoirs de la pauvreté et de la misère ! Là, l'intelligence est souveraine, et la beauté toute puissante ; et à mes yeux, il n'y a qu'une chose qui égale le plaisir de voir Paris quand on ne le connaît pas.

— Quelle est-elle ?

— C'est d'y retourner quand on le connaît.

Il y eut un moment de silence. L'enfant songeait ; son compagnon semblait s'abandonner aux émotions que cette conversation éveillait en lui...

— Et que comptez-vous faire à Paris ? demanda le premier.

— C'est à peine si je le sais moi-même, répondit le second.

— Comment cela ?

— D'abord, j'ai beaucoup d'ambition.

— Ah !

— Je porte un nom illustre...

— A merveille.

— Enfin, si je n'ai pas de fortune, cela ne peut tarder à venir.

— Alors, vous irez loin.

— Je l'espère.

— Je vous le souhaite.

— Merci.

Les deux jeunes gens étaient assis à quelque distance l'un de l'autre. Le plus jeune se leva et s'approcha de son compagnon, avec un fin sourire sur les lèvres et une joie naïve dans les yeux.

— Et si le sort prospère, dit-il, vous ouvre jamais les portes d'un avenir brillant, permettez-moi de solliciter de vous, comme une grâce...

— Quoi donc ?

— Votre protection.

— Ma foi, volontiers.

— Frappez là !

Ils se serrèrent la main en riant.

— Ainsi, poursuivit le curieux enfant, le jour où votre fortune sera faite, je me présenterai à votre hôtel et je ferai demander...

— Le comte de Nevers ! répondit ce dernier.

Après avoir encore échangé quelques paroles, les deux jeunes gens se jetèrent sur leur fauteuil, et parurent se disposer au repos.

L'orage continuait de gronder au dehors, quoique avec moins d'intensité; on entendait parfois les gémissements plaintifs des chevaux, et quelques cris isolés jetés de temps à autre à une très-faible distance de la taverne, qui semblaient se répondre comme des signaux.

Pendant quelque temps le silence le plus profond régna dans la salle, mais le comte de Nevers et son compagnon cherchaient en vain un sommeil qui ne venait pas.

— Le lit n'engage pas au repos, s'écria enfin ce dernier avec une petite moue impatiente.

— Bah ! à votre âge, j'aurais dormi sur un volcan, repartit le comte, qui n'était peut-être pas fâché de continuer la conversation.

— Je crois que cela me serait difficile, répliqua son interlocuteur.

— Est-ce que vous auriez peur du tonnerre?...

— Non !... mais ce que vous m'avez dit tout à l'heure de Paris me trotte par la tête.

— Ah ! ah !

— Si j'allais faire fortune, cependant...

— Eh ! pourquoi pas...

— En vérité, je crois que je serais capable d'aller loin.

— Que comptez-vous tenter à Paris ?

— Je ne sais encore moi-même.

— N'avez-vous donc que votre épée ?...

— J'ai aussi ma palette et mes pinceaux !...

— Ah ! vous êtes peintre ?...

— Oui, monseigneur.

Le comte regarda l'artiste d'un petit air dédaigneux et reprit aussitôt :

— C'est un triste état pour un gentilhomme, que celui d'artiste.

— On peut s'y faire un beau nom, monsieur le comte.

— N'avez-vous pas assez du vôtre?

— Le mien est inconnu ; celui que je me ferai sera grand et honoré !

— Je vous le souhaite, répondit le comte de Nevers d'un ton légèrement railleur ; et comme on ne sait ce qui peut arriver, si la fortune vous protége jusqu'à vous ouvrir les portes d'un avenir brillant, je ne vous demande qu'une chose...

— Laquelle ?

— Votre protection.

— Ah! ah! volontiers.

— Ainsi, poursuivit le comte, quand votre fortune sera faite, je me présenterai à votre hôtel et je ferai demander ?...

— Le chevalier de Romuald, répondit le jeune peintre en s'inclinant.

— Monsieur le chevalier, bonsoir, dit de Nevers.

— Bonsoir, monsieur le comte, dit de Romuald.

Cette fois, la pluie ne fouettait plus la fenêtre.

L'orage s'était apaisé, et l'on n'entendait plus qu'un sourd grondement lointain.

— La pluie et le vent ont cessé, s'écria de Romuald en regagnant sa place, il fera beau demain.

Le jeune peintre s'était arrêté près de la fenêtre, il poussa vivement les contrevents et laissa échapper un cri de surprise.

— Qu'y a-t-il? demanda de Nevers.

— Oh! venez, venez, monsieur le comte, s'écria l'enfant, c'est un spectacle ravissant!

Le chevalier de Romuald disait vrai.

L'orage avait complétement disparu : le ciel s'était nettoyé, la lune s'élevait à l'horizon dans tout son mélancolique éclat.

A travers la fenêtre ouverte, on apercevait au moins trois lieues d'un pays inculte et bizarrement accidenté.

Je ne sais quel fatal silence planait sur ce tableau désolé, mais il était impossible de ne pas sentir à son aspect s'élever de l'âme troublée quelque douce et triste émotion.

La plaine immense était coupée çà et là de petits ruisseaux artificiels, dont les flots d'argent semblaient reluire et miroiter à la molle clarté de la lune ; les troncs rabougris de leurs rives projetaient sur le sol détrempé de longues silhouettes fantastiques, et l'on voyait au loin se dresser, parmi les branches desséchées des coudriers, la tête blanche de quelques gigantesques Menhirs : la Loire, large et profonde en cet endroit, roulait gravement ses ondes tourmentées, et l'on pouvait démêler par instant, au milieu du silence de la nuit, le bruit majestueux de l'Océan sur les falaises lointaines. Le comte de Nevers jeta un coup d'œil, et revint presque aussitôt s'asseoir auprès de la cheminée. De Romuald s'accouda à la fenêtre et rêva.

Un instant la parole étincelante et rapide de son compagnon avait pu l'enlever aux sombres préoccupations qui l'avaient absorbé depuis le matin, mais l'aspect de cette page triste et désolée de la nature venait de le rappeler à la vérité de sa position.

Il était donc bien vrai, il allait à Paris sans nom, sans fortune, peut-être sans talents ; il y allait seul, sans appui, sans ami, sans famille, ne laissant derrière lui, au pays qu'il quittait, qu'une tombe dans laquelle son père était descendu quelques jours auparavant. Et il avait vingt ans !

Et il sentait dans son cœur ces aspirations insensées qui prennent tout jeune homme au début de la vie, et lui ouvrent les mondes enchantés de l'imagination. Il comprenait, dès les premiers pas, qu'il lui faudrait mener, dans cette ville d'enivrants plaisirs et de voluptés excitantes, une existence de labeurs et d'études infatigables ; il savait déjà que, lui faible, il lui faudrait lutter ; il se doutait, lui confiant et naïf, que le désespoir l'attendait en chemin.

Henri de Romuald était un enfant encore, nous l'avons dit ; il avait passé ses premières années auprès de son père, dans un pauvre manoir de Bretagne, seul et dernier débris d'une immense fortune. — Là déjà, il avait reçu les leçons de la pauvreté et du malheur. — Autrefois il avait possédé une fortune princière, qu'une banqueroute scandaleuse était venue tout à coup lui enlever. Henri se rappelait confusément les valets dorés de son père, ses chevaux élégants, ses voitures armoriées ; mais ces souvenirs, auxquels il ne s'arrêtait jamais, ne se présentaient plus à son esprit que comme à travers les vapeurs flottantes d'un rêve. Ce dont il se souvenait fort bien, ce qu'il aimait surtout à évoquer dans la nuit de son passé, c'était la pâle figure de son père, rentrant un soir au château, s'enfermant dans une chambre retirée, et racontant à son fils, à lui Henri, la catastrophe désastreuse qui dépouillait tout d'un coup l'avenir de leur maison des espérances dont il s'était plu à l'orner.

A partir de ce moment, les jours s'étaient écoulés lents et monotones ; Henri avait travaillé avec ardeur, contenant les ambitieuses folles qui, parfois dans la solitude des nuits, venaient suspendre son sommeil ; cachant à son père bien-aimé la trace des larmes brûlantes que le regret du passé ou le désir de l'avenir arrachait à ses paupières fatiguées, écoutant les voix mystérieuses qui, montant de son cœur ému, lui parlaient de gloire et d'amour !... Henri avait grandi et vieilli bien vite dans cette solitude pensive, et il était arrivé à vingt ans, avec un cœur fort et une pensée active.

Mais à mesure qu'il avançait dans la vie, son front pâle se couronnait de tristesse et de mélancolie ; son père s'inclinait peu à peu vers la tombe, et déjà on pouvait lire sur ses traits, chaque jour plus décomposés, les signes évidents de sa fin prochaine.

Un soir, Henri se trouvait au chevet du lit de son père : les médecins avaient assuré qu'il devait mourir dans la nuit, et s'étaient retirés. Henri était donc seul, et, en songeant à l'isolement dans lequel la mort de son père allait le jeter, il avait versé d'abondantes larmes.

Son père demeurait insensible à ce qui se passait à ses côtés ; seulement, sa respiration devenait plus pénible, et quelques cris douloureux s'échappaient de temps à autre de sa poitrine oppressée ; le râle allait commencer.

Henri sentait de singuliers frissons courir sur ses membres. Tout à coup le moribond parut faire un effort sur lui-même et se leva sur son séant ; puis son œil grand ouvert parcourut toutes les parties de la chambre et vint s'arrêter sur Henri.

Celui-ci le regardait avec une glaciale épouvante cette horrible apparition.

Une sueur froide l'inonda, ses cheveux se dressèrent d'horreur sur son front.

— Mon père ! cria-t-il en jetant ses bras devant lui.

Le vieillard le contempla un instant en silence ; il lui prit les mains et les baisa avec transport :

— C'est toi, Henri, lui dit-il d'une voix faible, oui, c'est bien toi ; ce sont tes cheveux blonds, tes yeux bleus ; tu es beau, Henri, tu es jeune, tu es fort ; mais voici venir le moment où tu auras besoin de ta jeunesse et de ta force, mon pauvre enfant bien-aimé !

Le vieillard se recueillit un instant, puis il reprit :

— Henri, je vais mourir, mon enfant...

— Mon père ! s'écria le jeune homme...

— Je vais mourir, répliqua le vieillard, je vais te laisser seul au monde, pauvre, n'ayant que ton nom et ton cœur pour toute fortune ; ton cœur est courageux et ton nom est pur ; c'est un trésor que le courage et l'honneur, quand on en sait faire un noble usage. Quel que soit le sort que Dieu te réserve, je sais que tu ne failliras jamais, et je meurs sans redouter l'avenir pour le nom que je te lègue.

Le moribond s'arrêta encore, et Henri crut voir son œil briller tout à coup d'un éclat inaccoutumé.

— Cependant, ajouta le vieillard, je ne veux pas mourir avant de l'avoir confié une vengeance dont l'accomplissement a été trop longtemps suspendu : cette mission, j'étais trop vieux, moi, pour m'en charger, je te l'ai réservée.

Il y a de par le monde, Henri, un homme qui a été la cause de la ruine de notre famille, et qui jouit en paix du fruit de son crime ; cet homme, tu le connais, il habite Paris ; d'après les renseignements que j'ai reçus, il y mène une vie dissipée et y occupe un emploi important ; j'ai entre les mains la preuve de son crime ; cette preuve peut le perdre à tout jamais... Si tu m'aimes, Henri, tu ne mourras pas sans m'avoir vengé !

Le vieillard s'affaissa insensiblement après avoir prononcé ces paroles ; il déposa un suprême baiser sur le front de Henri, et se laissa tomber sur son lit...

Il était mort !...

C'est quelques jours après cette scène, que nous retrouvons Henri à trois lieues de Savenay, dans une misérable taverne, en compagnie du comte de Nevers.

Pour accomplir la mission que son père lui avait imposée en mourant, il avait cru devoir changer de nom et se faisait appeler le chevalier de Romuald.

Cependant le jeune peintre s'arracha à sa rêverie, et jetant un dernier regard sur le tableau qu'il avait à ses pieds, il se disposa à fermer la fenêtre.

— Quelle heure peut-il être maintenant ? demanda-t-il auparavant à son compagnon.

— Deux heures, peut-être... répondit le comte de Nevers.

— La lune est juste au-dessus de Savenay... objecta Henri.

— Alors, il est trois heures... repartit de Nevers.

— Diable ! vous êtes savant en astronomie...

— Je connais beaucoup les habitudes des astres dans ces pays-ci.

— Est-ce que vous seriez Breton ?...

— Mon Dieu, oui...

— Alors, nous sommes compatriotes.

— Quoi ! vous aussi !...

Le comte de Nevers et Henri échangèrent, à la suite de cette confidence mutuelle, un regard des plus singuliers.

— C'est étonnant, se dit de Nevers, je ne connais pas de Romuald dans le pays...

— C'est singulier, pensa Romuald, je n'ai pas entendu parler du moindre de Nevers.

Mais ils en restèrent là de leur étonnement réciproque ; car, au moment où Henri fermait la fenêtre, deux coups de feu se firent entendre à quelque distance, et attirèrent vivement leur attention.

III

UNE HEUREUSE BLESSURE

Henri rouvrit la fenêtre avec précipitation, et prêta l'oreille. On entendait à cent pas un étrange concert de cris et d'imprécations.

Il se tourna vivement vers le comte de Nevers.

— On égorge quelqu'un à cent pas d'ici, s'écria-t-il.

— Cela est bien possible, repartit tranquillement de Nevers.

— Et vous ne courez pas ?... demanda le jeune peintre, qui tira aussitôt son épée du fourreau.

— La volonté de Dieu soit faite ! fit de Nevers en présentant ses jambes à la flamme du foyer.

Henri le regarda un instant avec une impérieuse indignation, puis, saisissant un des pistolets qui se trouvaient sur la table, et se dirigeant vers la porte :

— Ah ! monsieur le comte, dit-il avec une certaine solennité, vos ancêtres faisaient un meilleur usage de leur épée.

Et il disparut.

Le comte se leva nonchalamment, alla à la porte qu'il ferma et revint, sans laisser paraître la moindre émotion, s'asseoir à sa place première.

Quelques minutes après, un troisième coup de feu retentit au dehors, et le tumulte sembla augmenter.

Henri venait d'arriver sur le lieu du combat.

En quittant la taverne, le jeune peintre avait été guidé par le bruit des voix des assaillants et des victimes ; ce n'avait été que l'affaire de quelques minutes ; il s'était mis à courir, et n'avait pas tardé à atteindre l'endroit de la route où se jouait le drame auquel il voulait se mêler. Il reconnut facilement les assaillants et les victimes ; d'un côté, se trouvaient quatre hommes, les mêmes qu'il avait vus quelques instants auparavant dans la taverne ; de l'autre, se tenaient debout, l'arme au poing, un vieillard et deux valets, essayant courageusement de soutenir une lutte qui devait, selon toutes probabilités, se terminer à leur désavantage. Déjà l'un des quatre bandits s'était élancé vers la chaise de poste ; l'un des valets était blessé et n'opposait plus qu'une résistance sans énergie. Henri arrivait donc fort à propos. Il tenait son épée nue d'une main, et de l'autre son pistolet armé.

— A moi ! s'écria le vieillard dès qu'il aperçut Henri ; à moi, monsieur, au nom du ciel, sauvez ma fille !

Henri se précipita, sur cette invitation, vers la chaise de poste, et déchargea, presque à bout portant, son pistolet dans la poitrine du bandit.

Ce dernier tomba inanimé sur la route.

Henri revint aussitôt vers le vieillard.

— A nous, maintenant, dit-il.

Et rejetant loin de là son pistolet, désormais inutile, il mit l'épée à la main et fondit avec impétuosité sur les assaillants.

Cette attaque imprévue et rapide déconcerta quelque peu ces derniers.

Ils avaient reconnu Henri presque instantanément ; ils pouvaient penser que le comte de Nevers n'était pas loin, et qu'ainsi réunis, leurs adversaires leur feraient un mauvais parti ; ils jugèrent prudent de ne pas s'engager dans un combat inégal, et après quelques coups d'épée, ils s'esquivèrent adroitement, laissant leur compagnon mort sur le revers du chemin.

Henri s'aperçut seulement alors qu'il avait été blessé au bras gauche.

Cependant, après le départ de ce dernier, le comte de Nevers, assis au coin du feu, avait laissé sa tête retomber sur ses deux mains et s'était mis à réfléchir.

Assurément cet homme devait mûrir dans son esprit un projet profond et terrible; car, pendant qu'on s'égorgeait à vingt pas de lui, tandis que le cri des blessés et le râle des mourants arrivaient à ses oreilles, il demeura calme et insensible, et la plus légère émotion ne vint pas même plisser son front. Mais lorsque le bruit eut cessé, que l'on n'entendit plus au dehors que les derniers grondements de l'orage, qui allait s'affaiblissant, le comte releva la tête, passa une main rapide sur son front, et appela l'hôtelier.

Celui-ci accourut.

— Or çà, mon maître, lui dit le comte dès qu'il l'eut vu entrer, quel est le personnage que tes compagnons ont été arrêter tout à l'heure sur la route?

— Le personnage... balbutia l'hôtelier troublé.

— Oui, tu le connais; réponds-moi sans détour.

— Mais, j'ignore... je ne sais....

— Réponds de suite, et sans chercher les mots, dit le comte, si tu tiens à ce que mon épée n'aille pas prendre la réponse dans ta poitrine...

L'hôtelier pâlit et s'inclina humblement.

— La personne qu'ils ont attaquée, dit-il, est un fermier-général qui a son château à quelques lieues de Savenay.

— Ah! et comment s'appelle-t-il?

— M. Van Dick.

— Diable! je le connais; c'est le plus riche fermier-général de toute la France.

— Oui, Monseigneur.

— Il a donc des valeurs considérables dans sa voiture?

— Il a sa fille!... répondit l'hôtelier.

— Sa fille? demanda le comte étonné.

— Oui, mademoiselle Ethel Van Dick.

Le comte de Nevers regarda l'hôtelier.

— La fille de M. Van Dick peut être belle assurément, dit-il, je n'en doute pas; mais je ne crois point que ce soit là le trésor sur lequel tes confrères voulaient mettre la main.

— Pardon, Monseigneur, c'est celui-là, répondit l'hôtelier.

— Explique-toi.

— C'est facile à comprendre : M. Van Dick est riche, mais il est avare; on dit qu'il n'est pas trop honnête, et il a peur des voleurs; sa voiture ne contient jamais rien de bien important; mais M. Van Dick aime prodigieusement sa fille, mademoiselle Ethel; il l'aime même dit-on, plus encore que ses écus, ce qui est pour pousser un peu loin l'amour paternel; mes confrères, comme il vous plaît d'appeler les hommes que vous avez vus ici, connaissent parfaitement le faible de M. Van Dick. Aussi l'idée ne leur est pas venue de dévaliser le fermier-général, mais bien de lui enlever sa fille.

— Je comprends!... répliqua le comte, dans le but de faire chèrement payer sa rançon.

— Justement! fit l'hôtelier en clignant des yeux.

Comme cette conversation finissait, la porte de la taverne s'ouvrit, et Henri de Romuald ne tarda pas à paraître, donnant le bras droit à M. Van Dick, et le bras gauche à mademoiselle Ethel Van Dick.

Le comte de Nevers se leva et salua avec toute la grâce d'un véritable gentilhomme.

M. Van Dick avait bien une soixantaine d'années; mais malgré ses cheveux blancs et les rides profondes dont son visage était sillonné, sa physionomie hardie et imposante présentait tout d'abord le cachet d'une force et d'une audace peu communes. Son front large et quelque peu dégarni de cheveux, ses yeux vifs et clairs dénotaient chez lui une intelligence supérieure, une volonté forte; il était d'ailleurs grand et robuste, et toute sa personne respirait un certain orgueil qui séyait bien à sa haute stature.

Il salua silencieusement le comte, et fit quelques pas vers le foyer.

Mademoiselle Ethel Van Dick était une des plus belles femmes blondes qu'imagination de poète ait jamais rêvées.

Il était impossible de deviner ses formes, sous les longs et chauds vêtements dont elle s'enveloppait; mais il était permis de voir sa gracieuse et pure figure, et nul regard d'homme ne s'était jamais, à coup sûr, arrêté sur une plus délicieuse apparition.

Ses yeux avaient cet éclat chaud et velouté qui fait rêver et frissonner à la fois; son nez, d'une coupe charmante, se dessinait en une ligne pure et correcte; ses lèvres roses et humides détachaient leurs courbes railleuses sur le ton plus pâle des joues, et son front, dominant cet ensemble frais et coquet, se fondait harmonieusement sous l'abondante et voluptueuse richesse de sa chevelure.

Ethel, cependant, n'était pas froide et nonchalante comme la foule des femmes que l'on connaît; il y avait dans sa démarche lente, dans ses mouvements paresseux, sous ses paupières à demi voilées, une ardeur, une vivacité, une flamme mystérieuse et sourdement couvée, à laquelle sa beauté empruntait cet éclat impérieux qui attirait fatalement à elle, les yeux et le cœur.

Elle rendit au comte son salut, et, comme son père elle se dirigea vers le foyer.

— Placez-vous sur ce fauteuil, monsieur de Romuald, dit M. Van Dick en présentant un siège au jeune artiste, le feu ne peut que produire un bon effet.

— En vérité, répondit Henri, je suis confus, Monsieur, du soin que vous voulez bien prendre d'une blessure qui n'en vaut certainement pas la peine.

— Que dites-vous là? répartit Van Dick d'un ton légèrement emphatique, cette blessure peut être dangereuse; et, d'ailleurs, n'est-ce pas en prenant ma défense que vous l'avez reçue!

— Quoi de plus naturel! dit Henri...

— Vous nous avez sauvés! fit Ethel en prenant place à ses côtés.

Henri leva ses regards sur la jeune fille; mais il les baissa aussitôt, comme s'il avait été ébloui de tant de beauté.

— Il y a plus, reprit M. Van Dick, il y a plus, je ne souffrirai pas que vous restiez dans cette misérable taverne, où le mauvais temps vous a forcé à venir chercher un abri. Ma voiture est assez grande; je n'ai qu'une servante et deux domestiques, un de mes valets montera votre cheval et vous prendrez place à mes côtés.... Cela vous convient-il?

— Je n'ose abuser... balbutia Henri, qui devint rouge jusqu'aux oreilles.

— Allons! allons! pas de compliments, mon cher chevalier, c'est convenu, je vous emmène.

Henri se hasarda à lever une seconde fois les yeux sur Ethel, et il crut rêver, tant ce qu'il vit, ou ce qu'il s'imagina avoir vu lui parut étrange, pour ne pas dire impossible.

Ethel venait de faire un signe de tête au comte de Nevers.

Était-ce une hallucination? L'ombre et la lumière, qui, grâce aux lueurs capricieuses du foyer, semblaient naître et mourir alternativement sur le front de la jeune fille, avaient-elles produit cette erreur? Était-ce une erreur, en effet, ou n'était-ce pas plutôt une affreuse réalité?

L'amour prend vite racine dans un cœur de vingt ans!

Les circonstances romanesques dans lesquelles Henri avait rencontré mademoiselle Van Dick, la beauté souveraine d'Ethel, l'émotion presque fébrile que sa blessure lui causait, tout contribuait à entraîner le jeune artiste sur la pente rapide d'un premier amour. Jamais peut-être il n'avait rêvé la possession d'une femme aussi belle que mademoiselle Van Dick ; c'était une sorte d'initiation au culte de la beauté ; il était sans défense contre ses propres impressions ; il se laissait aller avec une sorte d'abandon à ce sentiment qui s'emparait si victorieusement de son cœur ; il était vaincu, avant même d'avoir essayé de combattre. Il avait déjà tout oublié, et son père, et les suprêmes douleurs qui l'avaient saisi, lorsqu'il assistait, épouvanté, à ses derniers moments, et la mission terrible qu'il lui avait confiée en mourant !... Il n'y avait plus pour lui au monde qu'un sentiment, l'amour,... qu'une femme digne de l'inspirer et et le comprendre...

Ethel !...

Aussi, soit qu'il se fût trompé, soit qu'il eût bien réellement vu ce qu'il avait cru voir, quand, au signe de tête d'Ethel, le doute traversa son esprit et pénétra, froid et acéré, jusqu'au fond de son cœur, un affreux déchirement se fit en lui, et son regard avide chercha sur le visage de la jeune fille la preuve d'une faute ou d'une complicité coupable. Mais il y avait tant de naïveté sur le front d'Ethel, tant de candeur dans son regard, tant de pureté dans son attitude pensive et mélancolique, que le doute s'envola du cœur d'Henri et le laissa plus confiant et plus amoureux.

Pendant que ceci se passait, M. Van Dick avait activé les soins que ses valets donnaient à la chaise de poste ; il rentra bientôt, en annonçant à sa fille et à Henri que l'on allait se remettre en route.

— Ce dernier se dirigea alors vers le comte de Nevers, à qui il tendit la main.

— Au revoir, monsieur le comte, lui dit-il ; je vous quitte, comme vous le voyez, mais je conserve l'espérance de vous revoir à Paris...

— Mes vœux vous y accompagneront, répondit Nevers en serrant la main qu'Henri lui offrait, et, comme vous, j'espère vous revoir dans la capitale.

— A bientôt donc, monsieur le comte.

— A bientôt, monsieur le chevalier !

Henri se pencha à l'oreille du comte de Nevers, et lui dit à voix basse et presque avec orgueil :

— Avez-vous remarqué, monsieur le comte, combien mademoiselle Van Dick est jolie ?...

Le comte fit un sourire ironique et répondit :

— Vous êtes aussi heureux que vous le méritez, mon cher chevalier.

Cinq minutes après la voiture partait, emportant M. Van Dick, sa fille et notre jeune peintre.

Dès qu'il les eut vus s'éloigner, le comte de Nevers appela de nouveau l'hôtelier.

— Crois-tu, lui demanda-t-il vivement, qu'au prochain relai je puisse trouver une chaise et des chevaux de poste ?

— Certainement, monseigneur.

— C'est bien, voici pour toi...

Le comte de Nevers jeta sa bourse à l'hôtelier et sortit.

Son cheval était encore attaché à la haie du chemin : il le monta lestement, et disparut bientôt au galop par le chemin que venaient de prendre M. Van Dick, sa fille et notre jeune peintre.

IV

MYSTÈRE

Dans l'antichambre d'un somptueux hôtel du quartier Saint-Antoine, au premier étage, donnant sur une rue détournée, un valet à la mine effrontée dormait étendu au milieu du meilleur coussin, les jambes paresseusement allon-

gées sur un tapis dont la laine ne paraissait pas avoir été fréquemment foulée.

Il était mis avec une certaine recherche qui ne messéyait pas à son extérieur distingué.

Sa jambe était fine et bien tournée, son pied petit et légèrement cambré ; son torse, heureusement dessiné, pris dans cette attitude nonchalante, se détachait nettement sur la soie des coussins, et sa figure, bien qu'au repos, annonçait une hardiesse aventureuse, et nous oserons dire, une friponnerie mal déguisée.

C'était le valet de M. le comte de Nevers !

Frontin était loin d'avoir l'esprit et les ressources de Figaro, mais il avait, à coup sûr, toute la fourberie et la vivacité de Scapin. D'un caractère inconstant, aimant avant tout sa liberté, il avait changé de maître aussi souvent que nos lorettes changent d'amant. Il les servait sans les aimer, il les quittait sans les haïr ; mais, fidèle aux vrais principes des valets de comédie, partout où son maître allait, Frontin le suivait. Il mettait, dans les soins qu'il lui rendait, une sorte de dévouement à sa manière, dont nul n'avait en encore à se plaindre. Qui voyait l'un était certain de voir l'autre. Si le premier avait la maîtresse, le second avait la suivante.

Frontin avait ainsi usé plus de vingt maîtres. Peu lui importait comme il vivait, pourvu qu'il vécût, pourvu que son existence se passât au milieu de surexcitations de toutes sortes, pourvu que chacun de ses jours fût donné à l'intrigue. Frontin était plus connu dans le monde des femmes de Paris, que le duc de Richelieu ou le duc de Soubise, et il n'existait pas alors une seule soubrette un peu instruite, à laquelle il n'eût pris la taille et le cœur d'un même coup d'œil.

Pour le moment, il se trouvait aux gages du comte de Nevers.

Le comte était grand et généreux, sa vie à lui était aussi une vie d'intrigues et de surexcitations de toutes sortes, il passait la plupart de ses jours et de ses nuits à jouer ou à faire l'amour ; il avait des maîtresses dans tous les coins de Paris, et il était connu de tous les tripots mal hantés. Cette existence allait à Frontin, parce qu'elle le fatiguait, le blasait sur toutes choses avec une rapidité inouïe, lui laissant à peine le temps de se reconnaître et d'examiner où il allait.

Donc, Frontin était content de son maître, et son maître content de lui.

Une chose, cependant, avait sérieusement inquiété Frontin pendant les premiers temps de sa collaboration avec le comte de Nevers. Le comte jouait un jeu d'enfer, il dépensait chaque nuit, avec ses folles maîtresses, des sommes considérables, comme eût pu le faire un prince seul, et pourtant, jamais, à la connaissance de Frontin, il n'avait reçu quelque somme que ce fût.

Il y avait assurément là un mystère inexplicable qui intrigua vivement l'honnête valet. Il se creusa l'esprit pendant longtemps pour trouver le mot de l'énigme, et s'arrêta à penser que son maître était encore plus fripon que lui.

Cette pensée le rassura.

D'ailleurs, ses gages étaient régulièrement payés, et jamais le comte n'avait contracté au dehors la moindre dette.

Le soupçon eût été ridicule après cela.

Il y avait déjà longtemps que Frontin dormait du sommeil le plus innocent, lorsqu'une sonnette retentit dans un appartement contigu et qu'une voix l'appela à diverses reprises.

Il se réveilla en sursaut et prêta l'oreille.

Les mêmes appellations se répétèrent.

Lorsque Frontin entra, le comte de Nevers paraissait

soucieux ; en apercevant son valet, son front se dérida.

— Il y a une heure que je t'appelle, Frontin, lui dit-il, pourquoi ne venais-tu pas ?

— Je dormais, monseigneur...

— Tu prends bien mal ton temps.

— Que monsieur le comte me pardonne, répondit Frontin ; mais j'ai si peu de temps à moi, depuis que je suis à votre service, qu'en vérité je ne sais quel moment choisir pour dormir.

— C'est bon ! parlons d'autres choses ; où en sont nos affaires ?

— Dans la meilleure voie possible.

— Dis tu vrai ?

— Je ne mens jamais !

— Ainsi, la suivante ?...

— Elle est à moi !

— Et la maîtresse ?

— Elle sera à M. le comte, quand M. le comte le voudra.

— Tu as été vite en besogne ; ce matin, il n'y avait encore rien de fait.

— Ah ! monseigneur, c'est là le moindre de mes talents.

— Comment t'y es-tu pris ?

— J'ai dit à la suivante que je l'aimais, et elle s'est crue obligée de m'avouer qu'elle m'adorait ; entre gens qui s'aiment et s'adorent, la distance n'est pas grande.

— Et tu as facilement franchi la distance qui te sépare de de la suivante ?

— A pieds joints, monseigneur, je lui devais bien cela...

Le comte de Nevers sourit de la fatuité de son valet, et reprit en retrouvant son sang-froid.

— Cela est fort bien, Frontin ; mais tu ne me dis pas tout, et je désire tout savoir.

— Monsieur n'a qu'à parler, Lisette qui m'est toute dévouée, couche d'ordinaire dans la chambre qui précède immédiatement celle de mademoiselle Van Dick ; elle se fera un devoir d'ouvrir les portes à Monseigneur.

— Ah ! ah ! ceci est on ne peut mieux ; mais ne crains-tu pas qu'en passant dans la chambre, il ne me prenne fantaisie de rendre Lisette infidèle...

— Monseigneur veut railler...

— Mais enfin, si la fantaisie m'en prenait ? insista le comte.

— Alors, je n'aurais qu'un moyen de me venger, Monseigneur.

— Lequel ?

— Vous me prendriez la suivante, je vous prendrais la maîtresse.

Cette répartie dérida complètement le comte de Nevers.

— A merveille, s'écria-t-il, vous êtes un valet de ressources, monsieur Frontin.

Mais Frontin était devenu sérieux.

— Monseigneur, dit-il, j'ai quitté mon dernier maître pour un cas semblable.

— Il t'avait enlevé ta maîtresse ?

— Oui, Monseigneur.

— Et tu l'as débarrassé de la sienne ?...

— Nullement...

— Pourquoi cela ?...

— Parce qu'elle n'était pas assez jolie...

— De mieux en mieux ! et ne pouvant te venger, tu l'as quitté ?

— Précisément.

Le comte de Nevers achevait sa toilette tout en causant. Il passa son épée.

— Ah ! elle n'était pas assez jolie, répéta-t-il bientôt, peste ! monsieur Frontin, vous êtes difficile !... mais je vous ferai remarquer que dans la question qui nous occupe, les

positions sont bien différentes. Mademoiselle Van Dick est une des plus jolies femmes de Paris.

Frontin s'inclina profondément.

— Je l'avais déjà remarqué, monsieur le comte, répondit-il.

Cette réponse amena encore un sourire sur les lèvres du comte de Nevers, puis, comme il se faisait déjà tard, et que la pendule de la cheminée marquait onze heures, il sortit de l'hôtel et se dirigea vers celui de M. Van Dick.

A quelques heures de là, une scène d'un tout autre genre se passait dans ce dernier endroit.

Il était une heure du matin environ ; Henri de Romuald, accoudé à la fenêtre de la petite chambre qu'il devait à l'hospitalité du fermier-général, semblait écouter avec une pénible émotion les accords harmonieux de la fête qui se donnait à l'étage inférieur.

C'était une fête splendide : la robe, la finance, la noblesse même s'y étaient donné rendez-vous. M. Van Dick était fort connu dans Paris, ses fêtes étaient avidement suivies, parce que la gaîté la plus franche et la plus folie ne cessait jamais d'y régner, et que d'ailleurs on était toujours certain d'y rencontrer la blonde Ethel, dont la beauté avait le privilège d'attirer à sa suite mille fous ambitieux. Henri entendait de sa fenêtre les éclats de cette joie oublieuse, mêlés aux bruits enivrants d'une musique ardente, et parfois un désir insensé s'emparait de lui ; il regrettait de ne pouvoir aller se perdre dans cette foule avide de plaisir, dont la voix semblait l'appeler.

Il y avait trois mois déjà qu'il était à Paris, chez M. Van Dick, et depuis trois mois, il ne s'était encore senti le courage de rien tenter soit pour son propre avenir, soit dans l'intérêt de la vengeance que lui avait confiée son père. Tout entier à l'enivrement d'un sentiment nouveau, il laissa passer les huit jours et passer les nuits, sans essayer de s'arracher de cette position dans laquelle il s'endormait. Il aimait Ethel, avec toutes les ardeurs d'une première passion, et s'oubliait dans les extases d'une espérance qu'il regardait lui-même comme impossible, jusqu'à prolonger, sans motif avouable, un séjour déjà trop long. Il est vrai de dire qu'à plusieurs reprises, Henri avait parlé de s'éloigner, et que chaque fois il avait été retenu par les instances d'Ethel ou de M. Van Dick ; mais ces instances ne justifiaient pas suffisamment le jeune peintre, et sa propre conscience lui reprochait sévèrement son irrésolution.

On était alors au commencement de juin ; il faisait une de ces nuits magnifiquement étoilées, que Dieu semble avoir faites exprès pour la mélancolie et l'amour.

Henri était profondément ému ; tout son passé lui apparaissait comme rêve, et, à travers le sombre voile qui cachait l'avenir, il entrevoyait l'image adorée d'Ethel qui lui souriait et l'appelait à elle ; le front de la jeune fille était couronné de cette douce tristesse de l'amour, et ses yeux disaient éloquemment les joies pures de son cœur.

Henri fléchissait par moments sous cette fascination singulière, qu'exerçait sur lui le regard d'Ethel ; mais bientôt le bonheur lui rendait ses forces premières, son front resplendissait, un orgueilleux éclat brillait dans ses yeux, et une joie folle emplissait son cœur.

Plusieurs fois, pour se soustraire à cette émotion brûlante, Henri avait caché sa tête dans ses mains et fermé les yeux, mais la radieuse vision le suivait encore dans la nuit factice qu'il se créait ainsi, et laissait voir sur son front la même tristesse sympathique, dans ses regards la même joie pure. Henri s'arracha de la fenêtre et sortit de sa chambre, où allait-il ainsi ? qui cherchait-il ? qui voulait-il fuir ? Il ne le savait pas lui-même. Il parcourut de la sorte plusieurs appartements, monta et descendit successivement plusieurs étages, et ne s'arrêta enfin, harassé de fatigue, brisé par sa propre émotion, que devant une femme qu'il rencontra sur le seuil de la porte d'un salon retiré.

Cette femme, c'était Ethel.

Elle, aussi, obéissait sans doute à une impulsion mystérieuse, à un sentiment tout-puissant, car, sans savoir où l'emportait cette impulsion ou ce sentiment, elle avait fui le bal pour se réfugier dans quelque endroit solitaire où elle pût oublier et se souvenir. Ethel était pâle, son regard attestait un certain égarement de la pensée, et ses joues gardaient encore la trace de larmes récentes.

Ethel et Henri s'arrêtèrent tout d'un coup en s'apercevant, ils semblaient comprendre l'un et l'autre que quelque chose de solennel devait se passer, et que leur destinée allait s'accomplir en ce moment.

— Je vous cherchais, mademoiselle, dit Henri.

— Moi je vous cherchais aussi, monsieur de Romuald, répondit Ethel dont les joues se couvrirent d'une vive rougeur.

Henri offrit sa main à Ethel, et ils pénétrèrent dans le salon. Le cœur d'Henri s'était repris à battre ; il se tint debout devant Ethel qui venait de se jeter sur un sopha.

— Je vous cherchais, reprit le jeune peintre, après quelques moments de silence, parce que je désirais prendre congé de vous, mademoiselle.

En parlant ainsi, la voix d'Henri tremblait.

— Vous nous quittez? s'écria Ethel, émue à cette révélation.

— Il le faut, répondit Henri qui sentit une larme couler sous sa paupière.

— Vous refusez notre hospitalité? continua Ethel.

— L'accepter plus longtemps, repartit le jeune peintre, serait en abuser.

— Mon père trouvera ce départ singulier.

— Il vaut mieux qu'il en soit ainsi, que de m'exposer à ce que mon séjour soit trouvé indiscret.

— Le craignez-vous?

— J'ai souvent espéré le contraire.

— Vous a-t-on donné lieu de supposer qu'il en fût autrement?

— Jamais.

— Alors, qui vous force à vous éloigner?...

— Mon devoir... mademoiselle.

— Votre devoir est presque de l'ingratitude, monsieur.

Le ton dont ces paroles furent prononcées était acerbe et plein d'amertume. Henri comprit qu'il se passait quelque chose d'étrange dans le cœur d'Ethel ; il souffrit et ne répondit pas.

Ethel s'était tue subitement, elle aussi, elle devina au silence d'Henri qu'elle l'avait blessé, et en conçut un regret profond ; mais elle n'avait ni le temps ni la volonté de s'expliquer ; des événements mystérieux l'emportaient sur une pente rapide ; elle ne songea pas une seconde à revenir en arrière.

— Écoutez-moi, monsieur Henri, dit-elle avec impétuosité, il y a autour de moi dans ce moment de cruels événements qui menacent ma vie et celle de mon père ; je suis trop faible et mon père est trop vieux pour lutter contre eux avec quelque chance de réussite, et le péril est imminent !... Notre connaissance ne date que depuis trois mois, mais je vous connais assez néanmoins pour savoir qu'il y a en vous une certaine générosité, à laquelle je ne m'adresserai pas en vain. J'ai besoin de vous, monsieur Henri, voulez-vous me sauver ?

Henri saisit les deux mains d'Ethel :

— Ah ! parlez ! dit-il, que voulez-vous? que faut-il faire ?...

— Dans quelques jours, poursuivit Ethel, je pourrai vous

donner l'explication de ce que mes paroles peuvent avoir d'étrange pour vous ! mais jusque-là il me faut, de votre part, une obéissance aveugle et un dévouement sans bornes.

— Qu'exigez-vous de moi ?... ordonnez !

Nous l'avons dit, il y avait dans les regards et dans certaines attitudes brusques et incohérentes d'Ethel un égarement qui semblait rendre plus étranges encore les paroles qu'elle venait de prononcer.

Henri écoutait indécis, parfois de singuliers frissons couraient dans ses cheveux, et il venait à penser qu'Ethel n'avait peut-être pas toute sa raison. Ce n'était pas la première fois que ce soupçon traversait son esprit, et précédemment déjà, en remarquant la physionomie abattue et sombre de la jeune fille, il s'était souvent demandé la cause de cette fiévreuse préoccupation dont elle était dévorée.

— Le service que j'ai à vous demander est grave, reprit Ethel après un silence de quelques secondes, ne reculerez-vous point au moment de me le rendre ?

— Ethel, répondit Henri, demandez-moi mon sang, je vous le donnerai.

Ethel entraîna alors le jeune peintre jusque sur le seuil de la porte, et, lui désignant un homme qui passait au loin, parmi les nombreux invités, le front joyeux, les lèvres souriantes et la parole haute et fière :

— Henri, lui dit-elle, reconnaissez-vous cet homme ?

— C'est le comte de Nevers, répondit Henri.

— Eh bien ! poursuivit Ethel, demain vous provoquerez cet homme en duel, et après-demain vous le tuerez !

V

APRÈS LE BAL

En quittant Henri de Romuald, Ethel était allée se réfugier dans sa chambre. Elle avait besoin de repos et de silence pour mettre de l'ordre dans ses idées, et calmer cette surexcitation nerveuse à laquelle elle était en proie.

Le lecteur a deviné peut-être que M. Van Dick n'était autre que le spoliateur de la fortune des Romuald.

Le père de celui qui se faisait appeler le comte de Nevers, avait eu part au crime et aux bénéfices ; mais, plus prudent que son complice, il avait cru devoir s'expatrier pour jouir en paix des fruits du vol ; c'est ce qui explique pourquoi son fils n'habitait Paris que depuis peu de temps. D'abord ce dernier s'était présenté à Ethel sans lui découvrir sa position réelle et son véritable nom ; il l'avait rencontrée dans le monde, l'avait suivie jusque chez elle à l'insu de son père, et s'était rendu, pour ainsi dire, nécessaire à son existence. Ethel le voyait avec plaisir, elle passait de longues heures près de lui, s'oubliait enfin dans les charmes d'une conversation qui ouvrait tout un monde nouveau à son âme enchantée ; mais les ressources du comte de Nevers s'épuisaient sensiblement ; il menait grand train ; il avait un hôtel, des chevaux, des maîtresses ; chacun s'effrayait à le voir jouer si gros jeu. Un matin, il se réveilla ruiné.

Alors il réfléchit.

Il possédait un secret qui pouvait perdre M. Van Dick : il se promit de l'utiliser. — M. Van Dick était avare, il se montra récalcitrant ; le comte se voyait obligé d'en venir à chaque instant à mille expédients pour lui arracher des sommes peu considérables. Cette existence n'allait point à son caractère ; avant tout, il lui fallait une vie large, abondante, toutes les satisfactions de la fortune, toutes les vanités du luxe, — et, bien souvent, il lui arrivait le soir de ne pas savoir si sa bourse se remplirait le lendemain.

Il réfléchit de nouveau.

Il n'ignorait pas qu'en s'adressant directement à Ethel, il

lui serait facile d'obtenir ce qu'il demandait ; mais, quoique déjà bien tombé sur l'échelle humaine, le comte avait conservé dans sa chute une certaine générosité de sentiments dont il ne pouvait se dépouiller entièrement. D'ailleurs, il aimait Ethel, et l'idée de se dégrader de ses propres mains à ses yeux retint longtemps ses révélations sur le bord de ses lèvres.

Malheureusement pour lui et pour le repos d'Etel, plus il allait, plus sa vie se faisait difficile et gênée ; ses créanciers commençaient à crier et à le poursuivre, le comte se vit traqué de toutes parts... Il n'y avait plus qu'un moyen : il s'en servit.

Le jour où Ethel apprit de la bouche du comte le fatal secret qu'il lui avait caché avec tant de soin, une lueur rapide traversa son esprit, et elle devina bien des mystères, qui, jusqu'alors, étaient restés impénétrables pour elle. Elle comprit aussitôt le rôle qu'elle devait jouer désormais, et sans se demander si elle aurait la force de le remplir, elle l'accepta sans hésitation et presque avec joie.

Elle remercia froidement le comte de Nevers, lui fit connaître que M. Van Dick ne refuserait rien à sa fille, et qu'il n'aurait qu'à s'adresser à elle quand il le voudrait. Le comte essaya dès-lors de voir Ethel et recommença au dehors sa vie de dissipation un moment suspendue. Elle pleurait en secret et passait les nuits à prier Dieu d'avoir pitié d'elle.

Mais aucun changement ne s'opérait dans sa position, elle n'allait plus que rarement dans le monde ; elle refusait les sollicitations qui lui arrivaient de toutes parts, et usait sa vie dans une retraite absolue. Peut-être la honte de son père n'était pas la seule cause de cette solitude dans laquelle elle s'enfermait volontairement... Mais qui eût pu le dire ?

Ainsi la pauvre enfant savait que M. Van Dick avait autrefois commis un crime ; elle ignorait qui en avait été la victime, elle pouvait espérer qu'aucune révélation ne viendrait jamais jeter le déshonneur sur la vieillesse de son père, mais sa propre honte lui avait suffi, et chaque jour de sa vie était suspendu à une crainte permanente. Ce qu'elle redoutait, ce n'était pas la perte d'une fortune dont elle n'avait pas joui, puisqu'elle ne la regardait pas comme sienne, ce n'était pas non plus le déshonneur qui eût rejailli sur elle, puisque le comte de Nevers ne demandait que la possibilité de continuer sa vie de dissipation, et qu'après tout, le déshonneur ne pouvait l'atteindre ; ce qu'elle semblait craindre, ce qu'elle voulait reculer à quelque prix que ce fût, c'était le moment où son père rougirait devant elle, c'était le jour où la honte se placerait ouvertement entr'eux, pour les séparer à tout jamais.

Car il y avait cela de particulier dans la position d'Ethel et de M. Van Dick, que ce dernier ignorait complètement que sa fille connût son crime ; Ethel s'était toujours tenue par devant lui dans une réserve telle, que rien n'était venu trahir le secret qu'elle portait dans son cœur. Son visage était toujours aussi calme que par le passé ; c'était toujours la même sérénité sur le front, le même amour dans les yeux. M. Van Dick y avait été trompé. Ethel avait puisé dans son cœur cette tranquillité factice qu'elle portait éternellement sur son visage comme un masque menteur, et, nul, Henri excepté, n'eût pu dire qu'aucune hésitation l'eût jamais troublée.

Dès qu'Ethel se trouva dans sa chambre, elle renvoya Lisette qui voulait l'aider à se déshabiller, et se jeta éperdue sur le sopha en cachant sa tête dans ses mains.

— Mon Dieu ! mon Dieu ! s'écria-t-elle, c'est mal, sans doute, ce que j'ai fait, puisque mon cœur me le reproche ; mais j'étais insensée et la vie me devient lourde à porter... et puis !... oh ! pardonnez-moi ! ce sacrifice serait au-dessus de mes forces, je ne pourrais pas l'accomplir... Mon Dieu, ayez pitié de moi !...

Ethel avait conservé sa parure de bal ; ses bras étaient nus, un simple voile recouvrait ses épaules, et ses cheveux coulaient en désordre le long de ses joues fatiguées. Elle releva la tête et attacha fixement son regard au parquet.

Alors le drame qui s'était joué dans cette nuit repassa devant ses yeux avec les sombres couleurs dont son esprit épouvanté le revêtait. Le comte de Nevers, la parole impérieuse, le regard insolent, était venu la surprendre au milieu de l'oubli et de la joie du bal...

Il lui avait dit mille impertinences qu'un valet n'eût point voulu lui dire ; il l'avait alternativement fait rougir et pâlir vingt fois dans une minute, et enfin, repoussé dédaigneusement, rejeté dans sa véritable position, par un geste et un mot d'Ethel, il avait osé lui apprendre qu'il l'aimait et que le lendemain il irait demander sa main à M. Van Dick.

Ethel avait alors fui la fête ; cette tyrannie qui pesait depuis si longtemps sur elle, dont elle avait tant de fois en vain secoué l'étreinte, elle voulut la briser pour toujours et chercha un vengeur.

Elle avait rencontré Henri !

A ce souvenir, Ethel croisa les mains sur son cœur, et ferma ses yeux qui s'emplirent de larmes.

Dans le premier moment, emportée par l'indignation et le désespoir, elle n'avait pas songé à quel danger s'exposerait celui qui se chargerait de sa vengeance. C'était un duel cependant, et il pouvait y succomber.

Maintenant que, reposée, la pauvre jeune fille pesait les chances avec plus de sang-froid, elle pensa que Romuald n'était encore qu'un enfant, et que sa main n'était peut-être pas assez forte pour soutenir le poids d'une épée, mille craintes lui vinrent en même temps.

— Si jeune, murmura-t-elle, et il peut mourir !...

Elle demeura long-temps ainsi, s'oubliant elle-même pour reporter sa pensée sur le front calme et souriant de cet enfant si blond et si pur.

Qu'était-elle dans la vie d'Henri pour oser réclamer de lui un pareil dévouement ; depuis trois mois qu'ils vivaient l'un près de l'autre, n'avait-elle pas toujours été pour lui une étrangère indifférente ; et lorsque, parfois, elle avait remarqué que son front était plus triste que d'habitude, que ses joues étaient plus pâles, lui était-il jamais arrivé de lui demander la cause de sa tristesse et de sa pâleur... Henri, cependant, avait toujours été le même ; assis, solitaire et pensif, loin d'Ethel, il attendait avec confiance que son regard vint le chercher, ou qu'une parole amie l'enhardît à se mêler à la conversation. Ethel se rappelait toutes les phases de cette existence timide et modeste, et elle se demandait quel sentiment soutenait cet enfant dans la solitude, quelle douleur avait naguère plissé son front, quel enthousiaste entraînement lui faisait accepter sans hésiter le nouveau danger auquel elle allait l'exposer.

Dieu seul sait où aurait pu s'arrêter la pensée d'Ethel, si le bruit de la porte qui venait de s'ouvrir silencieusement ne l'avait arrachée brusquement à sa rêverie.

Elle leva les yeux et aperçut le comte de Nevers.

Celui-ci avait trouvé Lisette et Frontin dans l'antichambre ; il avait jeté sa bourse à la suivante, et la porte s'était ouverte devant lui.

D'abord, Ethel ne comprit pas : elle vit la porte s'ouvrir, le comte de Nevers entra ; mais elle crut avoir mal vu et pensa que tout ceci n'était que l'effet d'une hallucination ; mais lorsqu'il lui fut impossible de douter de la réalité de la présence du comte dans sa chambre, quand elle le vit jeter nonchalamment son feutre sur une chaise et son épée sur une autre, une indignation farouche colora son front, et son regard éclata sous ses sourcils froncés. Elle se leva droite et pâle comme une statue.

— Qui êtes-vous, monsieur, lui demanda-t-elle d'une voix impérieuse, et que venez-vous faire ici?

Le comte la regarda d'un petit air impertinent.

— Qui je suis, répondit-il du bout des lèvres; pour vous, ma chère e fant, je suis un homme qui connaît bien des secrets; ce que je viens faire ici, tout à l'heure je vous l'expliquerai.

Le comte alla s'asseoir sur le sopha.

Ethel n'avait pas changé d'attitude; le sang-froid du comte la glaçait; sans qu'elle sût pourquoi, des frissons singuliers couraient sur ses épaules et sous ses cheveux.

— Monsieur, répéta-t-elle encore une fois, que me voulez-vous?

— Ce que je veux est fort simple à concevoir, répondit le comte; ce soir, je vous ai entretenue d'un projet d'union qui n'a pas paru vous plaire, je suis venu savoir si, depuis, vous aviez fait vos réflexions, et si, par hasard, vous n'aviez pas changé de détermination.

— Vous pouviez au moins attendre jusqu'à demain, repartit Ethel, cela eût été plus convenable.

— Il se peut que j'aie eu tort, poursuivit le comte, mon excuse est dans mon amour, j'ai voulu emporter ce soir la certitude de mon bonheur; d'ailleurs j'avais encore d'autres raisons que je vous expliquerai dans un instant.

— Et quelles sont ces raisons? demanda Ethel.

— Pardon, ma chère enfant, répondit le comte, chaque chose viendra à sa place, il faut traiter les affaires avec ordre. Répondez d'abord franchement à ma question : consentez-vous à devenir ma femme, oui ou non!

— Non, monsieur,

— Fort bien! il paraît que la réflexion vous a été inutile, puisque vous me faites maintenant la réponse que vous m'avez déjà faite tantôt. — Soit. Mais vous me connaissez assez, sans doute, pour savoir que je ne m'arrête pas ainsi devant le premier obstacle, et que je poursuivrai jusqu'au bout la réalisation de mon projet.

— Mon refus vous laisse toute liberté.

— Assurément; mais croyez-vous que je n'ai qu'un moyen d'atteindre mon but, et que je me contenterai de vous effrayer de mes menaces?

— Que voulez-vous dire?

— Je veux dire que vous êtes folle, si vous croyez qu'après avoir espéré vous posséder, je renoncerai stupidement et comme un écolier, à une possession qui est désormais ma seule ambition ; je veux dire que vous êtes une enfant, si, en me voyant entrer dans votre chambre et jeter mon feutre ici et mon épée là, vous avez songé que je venais simplement vous demander votre main, pour me retirer après un refus ou une acceptation; détrompez-vous, Ethel. J'ai trente ans; ma vie a été donnée jusqu'ici à des plaisirs de toutes sortes; j'ai eu, moi aussi, vous ne le croirez pas, mes plaisirs de joies pures et de douleurs cruelles; j'ai possédé bien des femmes, bien des maîtresses m'ont aimé, mais aucune, Ethel, aucune n'a jeté dans mon cœur le germe d'un amour profond comme celui que je ressens pour vous.

Ethel était glacée et n'osait répondre.

— Vous, Ethel, poursuivit le comte, vous avez été pour moi comme une pure révélation de l'amour. Longtemps j'ai vécu, cherchant à m'étourdir au dehors, tant je me trouvais indigne de vous; mais il est arrivé un jour où mon cœur trop plein a débordé, où le désir a brûlé mes chairs, où l'idée de la possession s'est emparée de mon esprit et y a régné en souveraine. Depuis ce jour, Ethel, vous m'appar-

tenez; depuis ce jour, mon existence a été liée fatalement à la vôtre, et aucune puissance, pas même votre volonté, ne pourra me faire renoncer à l'espoir de vous posséder.

La physionomie du comte de Nevers s'était tout à coup transformée; il était devenu grave, de railleur qu'il était; une volonté inébranlable se lisait sur son front, et son regard avait cet impérieux éclat de la fierté et de l'orgueil. Il était beau de désordre et de passion.

Un instant, Ethel se sentit dominée par un ascendant infernal; ses yeux, qu'elle n'avait pu détourner assez rapidement, avaient vu cette transformation singulière, et, bien que la terreur la tînt encore fixée à sa place, le calme semblait renaître dans son cœur et la tranquillité dans son esprit.

— Il arrive quelquefois, répondit-elle à voix lente, que des hommes bien bas tombés, que des femmes bien méprisables se relèvent par l'amour qu'un heureux hasard fait naître dans leur cœur; mais j'aurais pensé que s'il en eût été ainsi de vous, monsieur, vous eussiez du moins épargné à celle que vous faisiez l'idole de votre culte, la honte que j'éprouve en ce moment. Par cette conduite, vous vous fussiez attiré sinon son amour, du moins sa reconnaissance.

— Écoutez-moi, Ethel, reprit aussitôt le comte, je vous aime; je vous aime comme je n'ai jamais aimé, quoique, moi aussi, j'aie été jeune, pur et confiant; eh bien! si vous le voulez, dites un mot, et je me retire; laissez-moi croire en partant que mon amour n'est pas insensé, que ce désir de possession trouvera peut-être quelque jour sa satisfaction, et je vous le jure sur tout ce qu'autrefois je regardais comme sacré, nulle femme n'aura jamais été plus ardemment et plus chastement aimée... Le voulez-vous?

— C'est impossible, répondit Ethel.

— Le voulez-vous? répéta encore une fois le comte.

— Jamais! répéta Ethel, mais cette fois après une longue hésitation.

Le comte passa rapidement sa main sur son front et se leva.

— Qu'il en soit donc comme vous l'aurez voulu, s'écria-t-il, et il s'élança vers Ethel l'œil en feu et les bras tendus. Mais cette dernière avait vu le danger et s'était précipitée vers la porte en poussant un cri qui dut retentir dans toute la maison.

Malheureusement la porte était fermée, elle colla son oreille contre la cloison et n'entendit qu'un éclat de rire répondre à son cri de détresse : au même instant le comte de Nevers la saisit dans ses bras.

Ethel se dégagea violemment des bras du comte et courut se réfugier à l'autre bout de la chambre.

Tout ce qui se passait, la présence du comte, ses paroles, l'éclat de rire qui avait répondu à ses cris, tout cela était si singulier, si étrange, qu'elle pensa un instant être le jouet de quelque rêve affreux; elle crut qu'à la suite de sa conversation avec Henri, le trouble et l'égarement avaient pu la pousser vers une autre demeure; cependant cette chambre était bien la sienne, et le comte s'avançait de nouveau avec le même désir dans les yeux, la même audace sur le front : il la reprit dans ses bras, et cette fois ses lèvres effleurèrent les cheveux de la blonde jeune fille. Mais, au moment où il allait poursuivre sa victoire, au moment où Ethel, déjà à moitié vaincue, essayait encore, mais en vain, de lutter contre les ardeurs croissantes du comte, ce dernier s'arrêta tout à coup et écouta.

Un bruit de voix venait de s'élever dans l'antichambre, et presque au même instant la porte volait en éclats, et Henri s'élançait dans la chambre.

L'intervention d'Henri avait sauvé Ethel. Le comte de

Nevers s'était vu obligé de renoncer à ses projets de violence, et il en avait conçu contre le jeune chevalier une colère terrible.

Les deux jeunes gens avaient pris rendez-vous pour le lendemain matin; ils étaient convenus de se battre au pistolet.

Henri passa le reste de la nuit dans l'agitation la plus profonde : c'était sa première affaire, elle pouvait avoir une issue fatale, et alors il lui faudrait renoncer aux espérances qui, depuis la veille, commençaient à naître dans son cœur.

Car, il faut bien le dire, si Henri avait offert aussi spontanément à Ethel le sacrifice de sa vie, s'il n'avait pas hésité un seul instant à aller provoquer un homme, que rien, jusqu'alors du moins, n'avait désigné à sa haine, ce n'était pas seulement par dévouement ou par amour, et, bien qu'il eût été capable d'un semblable désintéressement, cependant il obéissait cette fois à un autre sentiment qui lui eût fait accepter avec enthousiasme des périls plus grands, des dangers plus menaçants.

Henri avait cru deviner, depuis quelques jours, qu'il était aimé, et cette pensée le livrait sans défense à tous les entraînements d'un dévouement sans bornes.

Il avait passé toute la nuit à écrire la relation de la catastrophe dont son père avait été victime, il n'avait oublié aucun détail, avait tout raconté, et la ruine de son père, et la fuite de celui qui les avait dépossédés. Henri disait le nom qu'il portait alors et l'existence qu'il avait dû mener jusqu'au moment où le spoliateur était venu à Paris; avec ces renseignements, il était facile de retrouver la trace du fugitif; Henri terminait en proposant la preuve du vol. Quand il eut fini, il plia la lettre, la cacheta et l'adressa à M. le lieutenant de police.

C'était un pieux devoir qu'il remplissait; avant de mourir, il voulait, ainsi qu'il l'avait promis à son père, assurer une vengeance trop longtemps suspendue.

Dès que le jour pénétra dans sa chambre, il se hâta d'envoyer sa lettre, et disposa ensuite tout pour sa rencontre avec le comte de Nevers.

Henri ne connaissait personne à Paris, il y avait si peu de temps qu'il l'habitait, qu'il n'avait pu encore y avoir aucune relation; d'ailleurs il vivait fort retiré; l'étude occupait tous ses instants, il ne sortait jamais que pour les courses les plus indispensables : il pouvait donc mourir sans laisser derrière lui aucun regret.

Cependant, à ce moment suprême, si un désir s'élevait de son cœur, si, parfois, lorsque la pensée d'un dénoûment sanglant traversait son esprit, une larme roulait au bord de sa paupière, c'est que Henri se sentait seul au monde, c'est que l'isolement dans lequel il vivait avait rapidement développé ces germes féconds d'affection et d'amour que Dieu avait, en le créant, déposés dans son cœur; et c'est qu'enfin, au moment de dire un dernier adieu à ce monde qu'il ne connaissait pas et qu'il allait quitter violemment, il comprenait qu'il lui eût été doux et bon de presser une main amie dans les siennes, et d'oublier, dans l'épanchement d'une douleur suprême, cette terrible prédestination qui avait livré sa vie au malheur. Il ouvrit sa fenêtre, et respira à pleine poitrine la fraîcheur du matin.

Le soleil étincelait à l'horizon; le vent harmonieux se jouait dans les arbres du parc; mille oiseaux chantaient sous les charmilles odorantes.

C'était peut-être la dernière fois qu'il lui était donné de jouir d'un semblable spectacle; la nature semblait s'être parée de ses plus riches couleurs, pour fêter son dernier jour. Une amère ironie plissa ses lèvres, et il passa rapidement sa main sur son front, comme pour en chasser une pensée importune.

Il s'arracha de la fenêtre et rentra dans sa chambre. Ses toiles tapissaient les murs; les unes presque terminées, les autres à peine commencées, toute sa vie, toute son ambition, les seules joies réelles qu'il eût jamais goûtées! c'était le passé avec ses aspirations insensées vers l'avenir, c'était l'avenir réalisé avec ses amers regrets du passé!...

Une de ces toiles représentait Ethel dans la taverne où il l'avait vue pour la première fois.

Elle était pâle et blanche comme alors; son front conservait encore cette sublime mélancolie des jours heureux; un sourire plein de tristesse courait sur sa lèvre; son regard semblait errer vaguement sur le coin du ciel sombre que l'on apercevait à travers la fenêtre entr'ouverte.

Henri fondit en larmes.

— Oh! tout ce que j'ai aimé, tout ce que j'ai adoré dans ce monde!... s'écria-t-il, idole sacrée à laquelle j'aurais élevé un autel pur dans mon cœur! sois bénie pour les saintes extases qui m'ont ravi près de toi, sois bénie pour les heures enchantées que j'ai passées à tes côtés!... Mon Dieu! mon Dieu! avoir touché le bonheur de si près!... et mourir!... mourir!... à vingt ans!...

Il hésita un instant, et courut enfin vers son secrétaire; il en tira une boîte de pistolets et quelques papiers, et comme toutes ces émotions menaçaient de lui enlever sa force et son courage, il se hâta de sortir et d'aller présenter sa poitrine en feu à l'air pur et rafraîchissant du matin.

Mais Dieu avait eu pitié de sa douleur et de son isolement.

Au moment où il ouvrait la porte, une jeune camériste se disposait à y frapper.

Ethel l'envoyait prier de se rendre sur le champ près d'elle.

Henri suivit la camériste et arriva un instant après dans le boudoir de M¹¹ᵉ Van Dick.

Ethel était assise près de la fenêtre; sa riche chevelure ruisselait sur son cou; elle était encore en parure de bal; depuis la scène qui s'était passée entre elle et le comte de Nevers, elle n'avait pu se résoudre à prendre du repos; elle salua Henri d'un regard triste, lui fit un pâle sourire, et lui indiqua un siège à ses côtés.

Henri courut s'asseoir près d'elle.

Il était vivement ému; ses mains tremblaient, il avait déjà tout oublié pour ne songer qu'à la joie du présent.

— Combien je vous remercie, mademoiselle, lui dit-il, de la bonté que vous avez eue de m'appeler près de vous. Je le désirais bien vivement, et cependant je n'osais y compter...

— Et pourquoi donc? fit Ethel.

— Parce que je suis peu habitué au bonheur, répondit tristement le jeune peintre.

Ethel réprima un mouvement d'impatience.

— Je vous ai fait demander, reprit-elle, parce que cette nuit j'ai longuement réfléchi à la démarche inconsidérée que j'ai tentée hier près de vous, et que j'ai eu honte de la demande que je vous ai faite follement, dans un instant d'égarement que j'ai peine à m'expliquer.

— Que voulez-vous dire? balbutia Henri étonné.

— Que je ne veux pas exposer vos jours dans une lutte insensée, répartit Ethel, et qu'il serait injuste à moi d'accepter un dévouement que rien d'ailleurs ne justifie.

— Avant la scène qui s'est passée cette nuit, dans cette chambre, répliqua Henri, il eût pu y avoir de ma part quelque hésitation à accepter la mission que vous m'aviez confiée; mais, après la violence à laquelle le comte de Nevers s'est livrée, nul n'a le droit de s'étonner que je prenne votre défense, et vous-même, mademoiselle, vous devez comprendre-

dre que votre *intérêt* et votre sécurité exigent que de sem-
blables insultes soient dignement châtiées.

Ethel ne savait que répondre : le raisonnement d'Henri
était juste, elle ne pouvait rien y opposer.

Cependant elle poursuivit :

— De pareilles offenses doivent être punies, monsieur,
répondit-elle, cela est vrai; mais je vous l'ai dit, j'ai profondément réfléchi à tout ce qui s'est passé, et je crois que le
mépris que m'inspire le comte de Nevers suffira désormais
à me défendre de ses atteintes. D'ailleurs, ajouta-t-elle, il me
semble que, dans cette affaire, je suis seule juge de mon
honneur, et que seule j'ai le droit de dire si le châtiment est
nécessaire.

Henri regarda Ethel avec une douloureuse expression.

— Soit, dit-il bientôt d'une voix douce, mais ferme, soit,
il n'entre pas dans ma pensée de vous imposer un dévouement que vous paraissez vouloir repousser; et quoique ce
m'eût été une douce consolation, ce ne sera pas pour votre
honneur, mais pour le mien, que je ferai le sacrifice de ma
vie.

— Ce duel aura-t-il donc lieu? demanda Ethel, devenant
encore plus pâle.

— Il aura lieu dans une demi-heure, mademoiselle, répondit Henri, non parce que vous m'avez ordonné hier d'aller provoquer et de tuer le comte de Nevers, non parce que
le comte de Nevers vous a insultée et a osé porter sur vous
une main insolente, mais parce que le comte de Nevers m'a
insulté, moi, et que tout jeune, et tout enfant que je suis,
mademoiselle, je saurai garder l'honneur du nom de mon
père !...

Ethel n'écoutait plus, son regard était fixe; une singulière
expression de désespoir venait de se répandre sur ses traits :
elle saisit les mains d'Henri.

— Henri, lui dit-elle, vous avez raison ; que ce duel ait
lieu... qu'il périsse!... C'est trop souffrir !... il le faut !...
ou je sens que je mourrai...

Allez ! allez ! vous aviez raison... allez ! et plus tard !
plus tard !... vous me direz, n'est-ce pas ?... Vous me direz
l'issue de cette fatale rencontre !

En parlant ainsi, Ethel serrait les mains d'Henri avec
effusion, et son regard suppliant se suspendait aux regards
étonnés du jeune peintre. Ce dernier demeurait indécis, ne
sachant à quelle résolution s'arrêter, incertain sur le véritable nom à donner à ce sentiment désordonné qui arrachait
à mademoiselle Van Dick ces paroles incohérentes.

— Ethel, lui dit-il doucement, avant de m'éloigner, j'ai
une grâce à vous demander.

— Laquelle ? dit machinalement la jeune fille.

— C'est un service important que je vous prie de me
rendre, répondit Henri, dans le cas où cette rencontre me
serait fatale.

— C'est donc un duel à mort! demanda timidement
Ethel.

— C'est un duel à mort !...

— Et quel service voulez-vous de moi ?...

Henri présenta alors à la jeune fille les papiers qu'il avait,
le matin même, tirés de son secrétaire.

— Ces papiers, dit-il, contiennent la relation exacte et
détaillée d'un crime dont mon père a été la victime, il y a
quinze ans. Pensant qu'il serait possible que je succombasse
dans la rencontre qui va avoir lieu, j'ai voulu laisser, après
ma mort, un acte écrit de ma main, qui pût servir à recher-
cher et à punir les coupables ; à cet acte sont jointes les
preuves du vol, je les dépose entre vos mains ; si la justice
me demande, vous n'auriez qu'à les lui remettre, cela suf-
firait.

— Mais si l'on m'interrogeait, demanda Ethel, que de-
vrais-je répondre?

— Mon père habitait Nantes, il y a quinze ans : il y faisait
le commerce, et s'appelait alors le chevalier de Kersaint.

— De Kersaint ! fit Ethel en frissonnant.

— Au moment de faire un voyage de long cours, il confia
toute sa fortune, ou à peu près, à un de ses amis du nom de
Bernard Tanguy...

— Bernard Tanguy ! répéta Ethel.

— Quand mon père revint, Bernard Tanguy avait disparu,
emportant toute sa fortune...

Ethel regarda soupçonneusement autour d'elle, comme
pour s'assurer que nul n'avait pu entendre les paroles
d'Henri, puis elle reporta son regard sur le jeune peintre,
qui attendait sa réponse :

— Mais croyez-vous, dit-elle enfin, que ces renseignements suffiront à la justice pour retrouver la trace de Bernard Tanguy?

— Je n'en doute pas un seul instant ! répondit Henri.

— Et il faudra que j'aille porter au lieutenant de police
les papiers que vous venez de me remettre?

— Nullement, mademoiselle, j'ai voulu vous éviter toute
cette peine; la justice viendra elle-même vous les réclamer.

— Comment cela?

— J'ai écrit au lieutenant de police.

— Vous?

— Moi-même.

— Quand cela?

— Ce matin.

— Ce matin! mais alors les exempts sont déjà en chemin ?

— Probablement.

— Dans un instant ils seront ici ?...

— Je l'espère.

— Ah! malheureux ! s'écria Ethel, tout est perdu! O mon
père ! mon père !

Et la jeune fille se leva en poussant un long cri de douleur, se précipita vers la porte et disparut.

VII

DÉNOUEMENT

Ethel descendit rapidement les escaliers des étages supé-
rieurs, et arriva en peu d'instants à la porte de l'appartement de son père.

La porte était entr'ouverte; elle la poussa!...

M. Van Dick venait de se lever; il était tranquillement
assis à une table sur laquelle il s'amusait à compulser du
doigt et du regard quelques papiers d'affaires. Il avait l'air
calme, et souriait de temps à autre à l'examen de ces papiers.

L'arrivée d'Ethel l'interrompit dans son travail ; il releva
la tête, et dès qu'il eut aperçu sa fille, debout, immobile, sur
le seuil de la porte, il repoussa loin de lui le fauteuil sur lequel il était assis, et se leva en pâlissant.

Le premier mouvement d'Ethel était de tout découvrir à
son père, de lui avouer qu'elle connaissait son crime, de le
prévenir de la démarche d'Henri de Kersaint, et de le sup-
plier de se soustraire par la fuite à la honte qui le menaçait.
Mais, au moment de pénétrer dans sa chambre, en le trouvant tout à coup si calme et si souriant, Ethel avait hésité;
une déchirante pitié s'était élevée de son cœur et elle n'avait
plus eu la force de faire un pas ni de prononcer une parole.

— Ethel ! s'écria M. Van Dick en courant à sa fille et en
la prenant dans ses bras, Ethel, que se passe-t-il ? que viens-
tu m'apprendre?...

— Rien !... répondit Ethel en essayant vainement de sourire.

— Un malheur est arrivé ?... tu veux me le cacher !

— Nullement, mon père... je vous assure...

— Mais alors, pourquoi cette pâleur sur ton front, ce tremblement dans tes mains ?...

Et M. Van Dick, en parlant ainsi, pressait les mains de sa fille, et baisait son front de marbre.

— Ce n'est rien, répondit Ethel : j'ai eu peur, voilà pourquoi je suis pâle ; j'ai couru, je me suis hâtée, voilà pourquoi mes mains tremblent.

M. Van Dick regardait sa fille avec étonnement, sans pouvoir comprendre ce qui se passait en elle ; il avança un fauteuil et la fit asseoir, tandis qu'il restait debout devant elle.

— Voyons, lui dit-il d'un ton affectueux et tendre, ma bonne Ethel, mon enfant chérie, maintenant que te voilà un peu remise de ta frayeur, parle, explique-toi... dis-moi ce qui s'est passé... car tu m'as fait peur aussi, à moi, Ethel, et je veux savoir...

Ethel sourit et baisa les mains de son père.

— Bon père, dit-elle, tout cela ne vaut assurément pas la peine que l'on s'effraie ainsi.

— Qu'est-ce donc ?

— Tout à l'heure, je sortais de ma chambre pour venir vous trouver ; en traversant un des corridors du second étage, je me suis heurtée à quelqu'un dans l'ombre, et je ne sais pourquoi, j'ai eu une peur affreuse ; vous voyez bien que cela n'en vaut pas la peine...

— Et quelle était cette personne ?

— Le chevalier de Romuald, mon père...

— Le chevalier !... Il est bien matinal, aujourd'hui.

— Il s'est pris de querelle hier avec le comte de Nevers...

— Une querelle entre eux... fit M. Van Dick, et quelle en est la cause, le sais-tu ?

— Non, répondit Ethel sans hésiter.

— Mais, hier matin encore, ils semblaient au mieux ?

Ethel ne répondit pas, elle réfléchit quelques secondes ; puis elle reprit :

— Je ne sais pas la cause de leur querelle ; mais d'après quelques mots qui leur sont échappés devant moi... il se pout que j'aie deviné juste.

— Ainsi ils se seraient querellés ?

— Le comte de Nevers, à ce qu'il semble, aurait reproché au jeune peintre de porter un nom qui n'est pas le sien et de se parer d'un titre qui ne lui appartiendrait pas.

— Le comte de Nevers a adressé de pareils reproches au chevalier de Romuald ? demanda M. Van Dick en haussant les épaules.

— Oui, mon père, répondit Ethel.

— Et comment s'appellerait notre jeune peintre ? reprit M. Van Dick en souriant.

— Il s'appellerait de Kersaint.

— De Kersaint !...

— Du moins au dire du comte de Nevers.

— De Kersaint !

M. Van Dick devint pensif.

— Ce jeune homme n'est-il pas de Nantes... poursuivit-il en étouffant un soupir.

— De Nantes, oui, mon père.

— Et quel âge a-t-il ?

— Vingt ans, à peu près.

— C'est cela ! murmura M. Van Dick... c'est cela ! il y a quinze ans, il en avait cinq...

Il continua à voix haute et toujours ferme :

— En vérité, dit-il, ceci est fort original ; mais le comte de Nevers se trompe sans doute ; comment serait-il parvenu à savoir...

— D'une manière fort simple, répondit Ethel avec une émotion qu'elle ne réussissait pas toujours à cacher. Le comte assure qu'hier le chevalier a adressé au lieutenant de police une lettre dans laquelle ces faits sont relatés, ainsi que les détails d'un crime dont sa famille aurait été la victime, il y a environ quinze ans !

— Que dis-tu là !... interrompit M. Van Dick d'une voix éclatante.

— La vérité, mon père !... du moins selon le comte de Nevers.

— Le comte est fou !

— Il paraît cependant, poursuivit Ethel, que la police s'est émue des révélations du chevalier, et qu'elle s'est mise sur les traces du coupable.

— C'est impossible !

Les renseignements sont précis, mon père, et la police a commencé ses recherches.

Van Dick frissonna et regarda sa fille.

Depuis un instant une pensée terrible, insensée, avait traversé son esprit, et ses cheveux s'étaient dressés d'épouvante sur son front, et une sueur glacée courait le long de ses tempes brûlantes. Le coup était si imprévu qu'il ignorait encore comment il y ferait face ; mais déjà, dans son esprit audacieux, il avait pris une résolution suprême. Il marcha à Ethel d'un pas ferme :

— Ethel, lui dit-il avec vivacité, ce n'est pas tout ce que vous savez de cette histoire ? que vous a dit encore le comte de Nevers ?

— Rien, mon père, répondit résolûment la jeune fille en se prenant à trembler.

— Cela n'est pas possible, Ethel, poursuivit M. Van Dick, on vous a appris autre chose...

— Je vous jure !

— Ne jurez pas, mon enfant, ce serait un mensonge, et un mensonge inutile. Vous savez tout ! je le devine ; on vous a dit, n'est-ce pas, que le voleur s'appelait Bernard Tanguy ?...

— Non !

— On vous a dit encore que Bernard Tanguy avait lâchement abusé de la confiance que l'on avait mise en lui, et qu'il s'était enrichi de la fortune de son ami ?

— Non ! non !

— On vous a dit, enfin, Ethel, on a dû vous dire que Bernard Tanguy, pour se soustraire à la justice, a pris un nom supposé et que ce nom supposé est celui de Van Dick ?...

— Oh ! oh !

— Eh bien, si on vous a dit cela, Ethel, on vous a dit la vérité !...

— Mon père ! mon père !

Ethel courut cacher sa tête échevelée dans les bras de son père ; ce dernier était à bout de courage et de force ; il la serra dans ses bras, baisa avec un transport désordonné les cheveux blonds de sa fille, et, pendant quelques minutes, on n'entendit plus qu'un bruit déchirant de sanglots et de paroles insensées.

Enfin Ethel releva la tête ; elle souriait à travers ses larmes.

— Mon père, dit-elle timidement, ils vont venir...

— Qu'est-ce donc ? demanda M. Van Dick, étourdi comme au sortir d'un rêve pénible.

— Ils vont venir, répéta doucement la jeune fille...

— Ah ! j'oubliais... tu as raison...

— Il faut fuir... mon père...

— Oui... fuir !... mais comment ?... Aurai-je le temps ?

M. Van Dick semblait ne pas comprendre l'importance de l'invitation qui lui était faite... il marchait à grands pas à travers la chambre sans paraître se douter de l'imminence du danger : on eût dit qu'il était devenu fou.

Ethel pleurait et priait Dieu de sauver son père. — Tout à coup M. Van Dick s'arrêta ; un éclair jaillit de ses yeux, il pressa violemment son front dans ses deux mains.

— Entends-tu ? dit-il à Ethel, ce sont eux !...

— Ce sont eux, répéta Ethel ; fuyez ! fuyez !

— Allons, il n'y a plus à hésiter, murmura M. Van Dick, il faut en finir...

Et comme il se dirigeait vers une porte dérobée, cachée par une portière de soie, sa fille l'arrêta.

— Mon père, lui dit-elle, vous ne m'emmènerez pas avec vous ?

— Non, mon enfant, répondit M. Van Dick, je ne le puis... plus tard, tu viendras me rejoindre... Pense à moi souvent... et peut-être te reverrai-je bientôt...

— Où allez-vous donc, mon père ?

— Je ne sais...

— Vous dites cela d'un air singulier ?

— Tais-toi !... balbutia M. Van Dick, en prenant dans ses bras la tête d'Ethel... chère enfant ! Oh ! mon Dieu !... j'étais bien coupable, vous me faites bien malheureux !...

M. Van Dick s'arracha violemment des étreintes de sa fille, et disparut sans oser regarder en arrière...

Pendant que ces choses se passaient de ce côté, Henri était allé trouver le comte de Nevers à son hôtel.

Il était environ dix heures du matin lorsqu'il y arriva. Il n'y trouva que le fidèle Frontin et Lisette.

Cette dernière, renvoyée le matin même par Ethel, avait été recueillie par le comte de Nevers, qui professait cette générosité de soutenir ses amis dans le malheur.

Henri demanda si le comte de Nevers reviendrait bientôt, et Frontin lui répondit qu'il était probable que le comte de Nevers ne reviendrait pas du tout. Henri voulut de plus amples explications, et Frontin ne crut pas devoir les lui refuser. Le matin même, le comte de Nevers avait fait préparer une chaise de poste, et, sans dire où il allait, il était parti précipitamment, emportant tous les objets précieux qu'il pouvait emporter.

Il n'avait rien laissé en partant pour le chevalier de Romuald.

Ce dernier revint alors sur ses pas et fit diligence pour annoncer cette nouvelle à Ethel.

Pour le lecteur, le départ ou plutôt la fuite du comte de Nevers ne paraîtra pas extraordinaire.

Il était vraisemblable que cet homme, qui, lors du vol commis par son père, comptait déjà plus de quinze ans, avait appris, le matin même, la démarche faite par Henri près du lieutenant de police, et avait cru prudent de mettre une certaine distance entre lui et la justice.

Il était parti.

Il est probable d'ailleurs que le comte, vivant à Paris d'une vie d'éclat et de plaisirs, n'avait pas toujours mené une conduite irréprochable, et qu'il comptait dans son existence certaine petite peccadille dont, une fois pris, il lui aurait fallu répondre devant la justice. Dans cette alternative, il avait mieux aimé prendre la fuite.

Henri ne connaissait pas le comte de Nevers ; cependant il ne chercha pas longtemps la cause de son départ précipité.

Il avait laissé Ethel en proie à un sentiment de terreur inexplicable : il pressa le pas, pour obtenir plus tôt le mot de cette énigme dont le sens lui échappait.

En arrivant à l'hôtel de Van Dick, il le trouva cerné par une escouade d'exempts.

Il passa en se nommant.

Cette particularité devait peu l'étonner ; il pensait que le lieutenant de police avait voulu s'éclairer sur les révélations qu'il lui avait faites.

Il demanda Ethel.

Un valet passait effaré près de lui ; il répondit à la hâte que Mademoiselle était auprès de son père. Un fatal pressentiment s'empara d'Henri à ces paroles ; il pressa davantage le pas.

Un violent désordre régnait de tous côtés. Henri interrogeait chaque passant, et chaque passant se contentait de lever les mains au Ciel, et de lui jeter quelques mots inintelligibles qui cependant le glaçaient d'effroi.

Il avait cru entendre parler d'un suicide.

Enfin il arriva à la chambre de M. Van Dick. Avant d'entrer, il écouta : aucun bruit ne se faisait au dedans, on n'entendait que les cris des valets parcourant les corridors, et la voix des exempts qui cherchaient à rétablir l'ordre.

Henri poussa la porte et s'arrêta terrifié.

Ethel, la chevelure en désordre, le corps ployé, les bras pendants, était agenouillée auprès du cadavre sanglant et inanimé de son père !

Il n'y avait personne dans la chambre.

Nul n'avait osé troubler la sainte douleur de la pauvre enfant à ce moment suprême.

Cependant, au bruit qu'avait fait Henri en poussant la porte, Ethel s'était retournée subitement ; en l'apercevant, elle poussa un cri désespéré et accourut à lui.

— Où est-il ! où est-il ? lui demanda-t-elle d'une voix déchirante.

— Il est parti ! répondit Henri... qui se sentit défaillir à la révélation que lui jeta cette question d'Ethel.

Ethel demeura quelques instants muette et immobile ; puis, laissant tomber sa tête dans ses mains :

— Parti ! parti ! dit-elle... Mon Dieu ! plus rien au monde qu'un nom que je ne puis plus porter sans rougir !

— Ethel, répondit doucement Henri, vous oubliez que le nom de mon père est pur ; celui-là, du moins, vous le pourrez porter sans honte...

FIN D'ETHEL VAN DICK

VERSAILLES. — IMPRIMERIE DE CERF, RUE DU PLESSIS, 59.

www.ingramcontent.com/pod-product-compliance
Lightning Source LLC
Chambersburg PA
CBHW061659180626
46818CB00003B/1165